跪求來的鋼琴課

作者　如果

當代出版

Joan 安

2023.5.10

Content

1 第一堂鋼琴啟蒙課

一位朋友是信基督教的，她相信九型人格可幫助她更瞭解如何帶領不同類型的人往更好的方向發展，所以常以我為範本，問我人生哪個時期最快樂（我是她眾多測試對象之一）。我想七歲前的我，應該是人生最快樂的時光吧，但朋友又說，七歲之後對比九型人格才能準確把我套到某個框架裡，然後才能分析等等深奧的話。我便很努力地想，怎麼感覺七歲後沒啥讓我快樂的事，講來講去好像比較多是停留在不好的記憶，我把原因歸咎於我有一個很奇怪的父親。

這生我的父親在我長大離開家之後，才慢慢顯露出一些比較像為人父親的樣子。很奇怪的，他越是這樣我反而更不習慣，我只能把他歸為是一種奇特的動物，甚至像是一種冷血動物。不過這樣形容自己的父親好像不是很妥當，應該是一種偏重下半身思考、雄性激素很高，但是膽識又極為弱小的男性物種，他的膽識氣魄都只適用於個人私利上，甚至於娶妻生子也都是——他一心只想要個兒子，可惜偏偏生了三個女兒，沒啥搞頭。

慶幸的是他在阿祖的逼迫之下搞了個法律系的文憑，還算有點法律常識，知道再怎麼憤怒也不能在我們皮肉上留下證據。職業是中學公民老師，想拋家棄子的念頭也在社會的監控下無法行動，所以他往往以最輕鬆的方式達到最大的洩憤效果；經常是嘲諷我們，貶低我們，刺激我們（也因為這樣我們三姊妹因為在他的言語刺激之下都知道以後一定要靠自己，所以目前都有不錯的生活技能）。

畢竟我家不是務農，所以我們姊妹是鄉下少數不用在烈日下揮動鋤頭、寒流來時凍僵雙手與大自然搏鬥的人，甚至其他同學都認為我們是溫室裡的花朵，因為很多人都因需要幫忙農務導致無法繼續升學，一輩子命運就和鄉下、工地綁在一起了。就這樣，在我成長的過程中，即使常常覺得內心傷痕累累，但周遭的親戚朋友卻都認為他是個身兼母職不可多得的好爸爸，常叫我們要感恩。所以「家」只是一個對外的幌子，「養女兒」也只是盡盡義務，給我母親這邊的親戚有個「他還算是個男人」的交代，而他在親戚朋友面前也可以擺出一副好好先生模樣，好似他養了三名女兒有多麼的不容易，受了多少苦——唉，其實受苦的是我們三姊妹。也許這話由我說來不太客觀，但我兩個姐姐也都深有同感，那麼這應該就不算是我個人的片面之詞了吧！

不過我倒是很感激他在朋友的慫恿之下買了一台鋼琴，這台名叫魯賓遜（Robinson）的鋼琴來到我們家很多年了，但是到我近十歲時，才對這部鋼琴開始有點熟悉。

這台鋼琴給我的第一印象真是糟。那時我大概是六、七歲吧，七歲前都還很快樂，開心到沒有什麼不好的記憶。唯一負面的就是媽媽好心幫鋼琴打亮時不小心用指甲摳到了琴蓋。我發現媽媽不知怎地好像在發抖，戒慎恐懼的要我不要張揚。媽媽的表情從來沒那麼讓我記憶深刻，我直覺只要這事被發現一定會很慘。傍晚，爸爸回來了，果真把媽媽痛罵一頓。我當時不懂為何只是不小心刮傷鋼琴，又不影響它的功能，有必要讓家裡氣氛這麼緊張嗎？後來長大我懂了。因為「它」在那個年代……很貴。

*

媽媽在我七歲時走了。然後來了位帶著個小女兒的新媽媽。（或許她認為是她遇到了帶三個拖油瓶的男人吧！）

反正懵懵懂懂的我就因為繼母的工作關係搬到了市區，讓我有種好像晉升到都會區的感覺，甚至還受到鄉下親戚小朋友投以羨慕的眼光，走路起來有風的感覺，當然這台貴重的鋼琴也跟著我們一起飄向那感覺很厲害的市區。

新媽媽的女兒是個小我兩歲的小女生，嬌滴滴的皮膚又白又嫩，記得新媽媽都要她多吃小白菜，說皮膚才會白。可能也是這原因，我從不喜歡小白菜，到現在年近五十歲還愛吃小白菜，總覺得吃了它我皮膚就會越發亮白美麗，這也是好事一件啦。

爸爸和繼母甜蜜的時光很短暫。為了新房子登記誰的名下吵得不可開交，兩邊攻防雙方激烈惡鬥戰火一發不可收拾，砲火四射。我們三姊妹首當其衝，現在回想起來真是不寒而慄。從他們兩人交惡開始，每天都有上演不完的火爆衝突場景，三天一小吵五天一大吵是家常便飯，繼母的職業又剛好是在台語廣播電台擔任賣藥的播音員，用在吵架上面真的是發揮地淋漓盡致。說好聽一點是辯才無礙，說難聽一點是欠缺口德，這種罵人的火力真的要親身經歷才能體會，有時真希望我也擁有這種能力，連珠砲不帶髒字像機關槍彈無虛發——這種神功畢竟不是人人都有。

既然口頭上佔了上風，其他各方面當然更要斤斤計較，雙方開始了無止境的較量。誰家的小孩沒家教，誰家的小孩沒才華，種種檯面上下的比拚沒日沒夜地一直發生，大到衣物小到零食和個人用品都要計較。繼妹一個人在小學就擁有六雙不同顏色的皮鞋，每天都為配哪雙鞋搞到上學遲到，如果你想知道三商百貨出什麼最新流行的日本文具的話，只要打開她的書包，一應俱全，手帕、墊板、鉛筆、餐具等都可以找到時下最夯的圖案；一下子Snoppy，一下子小叮噹，還有雙星娃娃。反觀我的鉛筆，很整齊的都是小天使牌，還得用刀片去削。周遭朋友好心的送我一部他們淘汰的自動削鉛筆機，因為大家都進化到自動鉛筆了。比拼這些用品我們三姊妹必輸無疑。

還好她們瞧不起我家帶來的魯賓遜老爺爺，畢竟它年事已高，聲音都沙啞了，也索性就讓它晾在一邊。老爺爺何時重新喚起大家的注意，主動去幫它調音，還得感謝後母唸屏東師專的姪女，因為鋼琴是必修，我家又位於屏師附近，老爺爺這才派上用場。但是最煩的是她來練琴的時間都是我正在看《小甜甜》和《小叮噹》的重要時刻。

我家魯賓遜音色差，那姐姐彈的又是很複雜的練習曲，她只要一彈起來，簡直是聽覺折磨，破壞了我的卡通時間。那姊姊一邊彈令我討厭的曲子、一邊抱怨我家的琴，那時真的很想把魯賓遜砸壞，然後再把那殺千刀的姐姐連揍十拳。憑什麼彈我家的琴，還要口不擇言的在我面前說我們家的東西很爛？後母和她姪女還嗤之以鼻的說，果然我們這家的東西都是沒品質的，我心裡吶喊著：可惡的壞心臭姐姐，考上師專就自以為厲害，不會自己去買一台！

彈完我家的琴，她便跟繼母唏唏簌簌的說起我爸和我們三姊妹的閒話，那時我真的極度討厭她，甚至想破壞那架魯賓遜讓她不能來練琴，哈哈，我真幼稚。但到現在每當想起這位仁姊，我還是覺得她是個只會念書的機器。被這位自傲又勢利的老師教到堪稱不幸，因為我曾經目睹她對自己患有肌肉萎縮症的弟弟嗤之以鼻，引以為恥，甚至不准她弟弟同桌吃飯，我詫異地看著她弟弟被自己家人趕下餐桌。一個當姊姊的人可以如此瞧不起自己的弟弟，可能也會去霸凌功課不好的學生吧，慶幸我不是她的學生。這假面表姊就這樣，幾乎每天我的卡通時間一到，她就叮叮咚咚的好像找碴一樣破壞我的美好時光，我要很用力地緊盯螢幕才知道大雄和小叮噹的對話，《小叮噹》的主題曲也是被那姊姊用HANON、CZERNY（哈農、徹爾尼）替代。

＊

推動我爸購買那臺魯賓遜的是一位國小音樂女老師，姓楊，她是我媽媽的好同事。過去每次到了我媽的發薪日，我爸就會騎著車到媽媽任職國小的辦公室，查看我媽的薪水，然後再自動幫我媽的薪水扣除一部分繳交房貸。楊老師順勢熱心的推銷她在行且最火紅的樂器——鋼琴，又毛遂自薦當我家的音樂老師。我爸不敢拒絕外人推銷的個性，使他勉為其難地買下這台魯賓遜，旁人應該覺得我爸是位關心子女教育不想小孩輸在起跑點的好爸爸；現在想起來，只覺得他應該是在眾目睽睽下被打鴨子上架的，我想我爸當時一定很悶，不只要付一大筆錢，往後還要繳一筆鋼琴學費，心裡一定是幹譙得要死。不過還好我家大姊二姊很爭氣，跟楊老師學的成績還不錯，彈得有模有樣，只可惜只有我好像永遠都找不到 do 在哪裡。

我只記得每次楊老師上課，一定要我找 do 在哪裡，我找到一個白鍵按下去，她就皺眉頭要我重找。我想不是白鍵，索性就去按黑鍵，又不對，到底是怎樣啊，在試試左邊的低音，也是錯，再試試右邊聽起來比較高的白鍵，又錯，真是煩。奇怪，全部都是黑白兩色，我哪知道 do 在哪裡，每堂課都這問題，楊老師是在整我嗎？下課時同學都在打掃，我竟然在這邊找鍵盤猜 do 在哪裡，真是無聊。

最討厭的是，我喜歡的帥哥班長這時都會出現在音樂教室門口掃走廊，我表姊（很漂亮）剛好是他的 partner，這實在是一大威脅，我恨不得拔腿奔到表姊面前，指著她鼻子質問她怎可以趁人之危時去勾引我的班長，只想著下課一定要去捏表姊一下。

就這樣，我永遠都迷失在黑白鍵之間，那書本上的豆芽也是黑黑白白的不知道為何放在鋼琴前。這本書到底和琴鍵有啥關係？反正我只要打開那本教拜爾的書，隨便按幾個鍵，然後眼睛偷瞄班長的方向，著急地看有沒有表姊的身影出現。我已經請我媽把表姊調到別的打掃區塊了，最好不要讓我看到討厭的表姊出現在班長面前；就這樣度過彈琴時間，直到聽到老師說「下一個」，終於解脫了。果然，沒多久，我就被老師 fire 了，好開心，我想我爸一定也很高興，真是皆大歡喜。

*

其實嚴格來說，爸爸和繼母還是有段短暫的甜蜜期，就是新婚的頭兩年吧。那時繼母對我還算不錯，但那黏著我的繼妹真的讓我吃了不少苦頭。我動不動就被她告狀，告狀的項目很多，例如不讓她跟、不等她、沒煮冬粉給她吃、不理她、不講故事給她聽……等等。印象最深刻的還有她那神奇的六雙鞋。每次到了學校便服日，她就為了不知要配哪雙鞋傷腦筋，為了要等她一起上學我常常被老師警告。有一天我受不了了，索性就自己去上學，結果我又被告狀了。

那個晚上我被爸爸鎖在門外不准進屋。那時真的很無助，往外走是一大片荒煙漫草，有時還會有蛇出沒，所以我不敢再往外走，哭著想進門。沒想到我放聲一哭，隔壁鄰居跑出來看熱鬧，問我怎麼了。不知道是不是為了那無謂的尊嚴，我馬上收起了眼淚，跟鄰居叔叔說，我只是無聊所以在門口閒晃。

時間好像過了好久好久之後，我才得到繼母的允許，終於可以進屋了。我依稀看到新妹妹臉上閃過一絲勝利的表情，真是氣結，我只能趁她睡覺的時候偷捏她來釋放我不平的心情。現在回想我真的不知道我為何要如此卑微，那時如果有 113 就好了。

2 感恩我的好同學

從鄉下野放的學校，突然進入明星小學，好多新奇的事物，新的環境、新的同學、新的思維，讓我有點水土不服。什麼是九九乘法表、ㄅㄆㄇ、家庭聯絡簿，全班只有我不知道。還好我們是實驗班，老師特別有耐性，請同學一一說明，我才稍微了解。

附小的小朋友衣著都好整齊，我懷疑是否有燙過，皮鞋也擦得發亮，每天都要檢查手帕衛生紙和指甲，看到老師一定要鞠躬問好，升旗說到總統兩個關鍵字一定要做出立正的動作，也不能說台語；寫作文一定要在結尾補上將來要做一個有用的人報效國家等等。每個同學都規規矩矩的，這真是難為了我。

在附小我才知道女生可以留長髮綁辮子（鄉下女生有頭蝨的困擾，女生多半是剪短髮方便整理，甚至還會利用時間全校女生洗一種可毒死頭蝨的藥粉），可以繫上可愛的蝴蝶結，還可以燙頭髮。班上就有一對雙胞胎，她們兩個都燙著可愛的捲髮，有時兩人穿上芭雷舞鞋一起才藝表演，那真是如小仙女般的好看；兩人在舞台上互相穿梭來回舞動，我都搞不清楚誰是誰了，我只能靠她們嘴角的痣來分辨。那時我才知道原來人類有雙胞胎，真酷。

對比之下，我覺得我就像醜小鴨一樣，什麼才藝都不會，頭髮短得像男生，九九乘法也背不起來，甚至期末要跳竹竿舞也一直被夾到腳，好氣餒。比較快樂的事就是我的身高剛好跟班長很接近，老師把本來坐在班長旁的女生移到後面，那女生猛瞪著我。我自問又沒得罪她，實在是不知為何遭她白眼，過了一星期我總算才知道原因——原來班長是全班女生的白馬王子。功課好，體育強，長得帥又彬彬有禮，他微笑時好像會出現一道融化人心的暖流，但他打躲避球時又散發出一股蓬勃的朝氣。我永遠不會忘記他的名字叫做吳俊彥。好帥氣的名字，又好貼切，哪像我鄉下學校男同學取的名字都俗到不行，什麼阿泉、什麼字尾有金木水火土的名字，而且為了防治頭蝨，班上一大堆男生幾乎都頂著青青的三分頭，真的很醜。

還好老天有眼，讓我坐在俊彥同學的旁邊，終於讓我產生上學的動力，老師還特別交代班長要好好地照顧我，我也很聽老師的話，只要不懂就問班長，班長也對我很友善，常常教我數學。只是班長一對我友好，我後面累積很多怨氣的怨女就會一直踢我的椅子，臉色鐵青，眼球都快翻到後腦勺了，但是我才不在乎哩，活該，我就是要和班長討論功課，因為我真的不會啊。真的是把她給氣死了，哈哈。

我初戀的鄉下班長已被我拋到九霄雲外，就送給表姊吧，我的城市班長俊彥比他優一百倍，愛情的力量讓我慢慢願意適應這管教嚴厲的學校。雖然都是屏東的小學，但是教育理念真的是差別很大，長大後常常聽到城鄉差距這個議題，我完全感同身受，但這是另一個番外篇了。

＊

在這裡，我交到了一個很棒的好朋友，她姓翁，姑且稱她小翁。每天我們兩個都黏在一起，形影不離，一下課，不是她到我家玩，就是我大老遠騎了二十分鐘的腳踏車到她家去。她家有個很開明的爸爸，和我家完全不同。

初次去小翁家時，我不小心打破杯子，又弄髒了她家地板，我好緊張，很想哭，同學爸爸卻很溫柔的對我說，沒什麼，只是一個杯子而已。他還順便教我們兩個要如何清理有碎玻璃的地板，先是掃掉玻璃，然後拿了三條抹布，我們就一起擦起地板來了；再扭乾抹布，來回地擦，來個比賽看誰擦得乾淨，翁爸爸還邊擦邊唱歌，不時稱讚我們做得好棒，好像在玩一場遊戲一樣。

等地板被我們擦得乾乾淨淨之後，他便犒賞我們很多餅乾，又喝了飲料；翁爸爸說我是個乖孩子，要小翁多跟我學習，讓我受寵若驚。翁爸爸還交代小翁，要多請我到她家去玩。我從來不知道我會被人家稱讚為好孩子，而且打破玻璃竟然不會被罵，還可以喝加冰塊的果汁。那時我以為我同學只是少數剛好擁有一個很好的爸爸的人，因此很忌妒她。長大後，才知道一般的家庭並不會因為打破一個碗或杯子，就要孩子承受多大的責難和壓力，甚至要偷偷的想辦法掩蓋那些殘骸，雖然我也不會被打，但那氣氛好像打破了這只杯子我們家就會因為這舉動而傾家蕩產，那種氛圍是很恐怖的。

其實爸爸堆放了很多新的碗盤在他的床底下，我依稀記得好多碗盤上都印有「大同公司敬贈」的字樣，堆了好幾疊，但是他寧願擺在床底下招灰塵，都捨不得拿出來用，讓我一直以為碗盤是一種極為稀有貴重的東西。多年以後，這些碗盤退流行了，新媽媽又買了一堆樣式比較流行的碗盤杯子，那年代流行的馬克杯，我和繼妹各分配到一個。我爭取到外層畫著幾隻寶藍色奔騰的馬匹，那幾隻駿馬後面還都拉著類似公主坐的高貴馬車，帥氣中帶著美麗與奢華，真令我愛不釋手，寶貝得不得了，感覺用那種外國名字的杯子，水都變好喝了，到現在我還清楚記得它的樣子。

說到那些舊碗盤，神奇的是，到我高中時它們還是原封不動的放在家中的某個角落，真的是從小陪我到大，好像只能備而不用。直到我們長大了，也懶得看它，因為塵封太久積了厚厚的灰塵，我爸也不想用了，我想除非家裡碗盤全破了，他才會去使用吧。但也因為這種家風，我們姊妹們向來小心翼翼不敢打破碗盤，所以也很少派上用場。神奇的是那疊碗盤好像在我們搬家後都再沒出現過了，可能在運送過程中乾脆丟了或破了我不知道。

結論是，它們的 CP 值真的超低。

＊

和好朋友在一起的時間總是嫌少，小翁竟然提出要我陪她去上鋼琴課的餿主意，這樣我們相處的時間就可以更久了。每到星期三下課時，我就可名正言順大大方方的背著書包陪小翁去上鋼琴課，還沒輪到她時我們一起寫功課一起玩，真的好快樂，輪到她上鋼琴時我就在旁邊觀看，就算只是無聊的坐在那邊，也好過回到家被新妹妹纏著要煮冬粉給她吃不然又要告我狀的危險。

在陪著小翁時，時不時會瞄到五線譜上的那些象形文字，老師會用筆指著那些黑黑白白的符號要小翁念出是什麼音，然後規定下一次的功課就是操作出這些音符，哈哈，難怪小時候常被鋼琴老師罵，因為我和琴譜真的很不熟，我也不想認識它，只專心在觀察教室走廊外的風吹草動，只想要找表姊碴，想起來真好笑。

小翁的老師是在自己家中收學生，每個學生只上半個鐘頭，來來去去的小朋友好多，每個學琴的小朋友看起來都很有來頭，來接送的父母都好關切自己小朋友的學習狀況，還交代老師可以嚴厲一點，老師也蠻配合的準備了一把尺以備不時之需。我看到好多小朋友每次上課前都很不安，他們還羨慕我不用接受老師的荼毒。但很奇怪的是，當我只能坐在旁邊看人家彈琴的時候，心情卻是有點空虛的。

不知道是不是自尊心作祟，七歲想逃避鋼琴課的我，竟然想學琴了，人啊，真的是得不到的最美。但是我知道那是不可能的事，下課不陪新妹妹寫功課，還為了和同學玩大老遠跑到離家有點遠的地方，這些都已經被爸爸唸到臭頭了，如果還要求學琴，那真是緣木求魚啊。

可能老師發現來來去去的小朋友中，就只有我都坐在旁邊的椅子上寫功課，也許是想要賺我的學費也說不定，鋼琴老師竟然說要讓我免費上一堂課。天啊，「免費」這兩個字多麼吸引人啊！我怯生生的爬坐在鋼琴椅子上，呆呆地不知從何彈起，結果又是要找 do 這個音。這次我找到這個音了，好高興，好像我已經會彈琴了，原來它是長在兩個黑鍵的左邊，我真是太厲害了，花三年的時間，總算解決了這個難題。老師再教我傳說中的 re、mi，我竟然也順利地找到了，真是太神奇了，我竟然在短短的半個小時內能彈三個音，我簡直佩服自己到不行。之前三年都找不到 do，今天連找到 do、re、mi，真是賺到了，我好像從灰姑娘變成可以彈琴的仙杜瑞拉了。老師還誇我有天份（長大後總覺得那只是老師想多收一個學生的說詞）。

那天我興沖沖的回家跟爸爸轉達老師說我有天份的這好消息，拜託他讓我和小翁一起學習。答案果然不出我所料，「不可能！」還訕笑的說那只是老師要賺錢的說詞。

我失望地打電話跟小翁講了這件事，兩個人都在電話中唉聲嘆氣的，講了許久。掛上電話後沒多久，一通神奇的電話來了，是翁爸爸打來的，他找我爸爸聊了好久，我不知道翁爸爸說了什麼神奇的話，爸爸竟然願意讓我和小翁一起上鋼琴課了。那天，我高興到睡不著，我竟然可以去學那麼高級的樂器，感覺越來越可和俊彥班長匹配，又好像從賤民階級升等為貴族，走起路來好像更有自信，畢竟，在屏師附小這種明星學校，每個人好像都要學個才藝才像樣。隔天上學我和小翁一起分享這份快樂，我們要一直一起玩，也要一起彈鋼琴，萬歲。

3 重拾鋼琴

剛始學琴的時候，常被do、re、mi、fa、sol、la、si、do這七個怪字轟炸，每次上課時老師問我音符的時候，我會猜這七個音的其中一個，希望能猜中，但很可惜，機率很低，總把老師搞到火冒三丈，我也被老師搞得七暈八素的，真的很討厭。

這七個音雖然猜來猜去都不對，但幸好我知道它們的排序。所以第二個老師一聽到我會唱音階，就說我很棒，但還是跟第一位老師一樣要我找到do，我找到了，原來，謎底揭曉了，就是要先找到do後面一格一格數上去，就能賦予每個音的名字，我的天啊，我開悟真的很慢，連第一個音都不知道是什麼，難怪我都不知道老師在幹嘛，這幾個聽起來很拗口的外星文終於被我解開了。

我頓覺自己實在是太高級了，竟然會唸這些洋人唸的東西，還發現原來在肚臍眼那位置的do是中央do，有時還是有點困惑，我就會藉鋼琴的鎖匙孔找到中央。以前的鋼琴是奢侈品，很害怕小朋友亂彈壞掉，所以都會小心翼翼的鎖好，等要彈的時候再打開。想起來很好笑，現在的小朋友父母還要拜託他們去彈鋼琴，小朋友連打開琴蓋也嫌累，哪還需要上鎖。如果主動去彈琴父母就該偷笑了，所以後來的鋼琴很多都沒有鑰匙孔了，況且如果真的把琴彈壞了，也算是本事一件。

有了參考鎖孔的這個小撇步，每每要找中央 do 都難不倒我，我很快就熟悉了鍵盤，在茫茫眾多黑白鍵之間可以唸出每個音。我把這好消息告訴小翁，她也替我好高興。回到家跟學琴已經有一段時間的兩個姐姐說這件驚人的事，她們卻很不屑的說，這很基本。喔，是喔。當我再跑到爸爸那邊求他讓我用鋼琴，他也答應了，我想應該是魯賓遜爺爺年久失修，再說他應該也覺得我支撐不久，琴放在那有人彈也好。就這樣開始了我的第一本《約翰・湯姆遜》之旅。

每到星期三，我就會抱著這本琴譜上學，然後刻意地在那邊翻啊翻的，希望俊彥班長可以發現我更有深度了；然後又不經意地晃到坐在我後面的臭女生身邊，宣示我的主權，希望她好自為之，不要自不量力想靠近俊彥班長——要知道我現在可是學鋼琴的人，我可是可以在八十八個鍵中準確找到 do 的人耶，真想讓世人都知道我這偉大的能力，哇哈哈。

＊

不知新媽媽有什麼想法，就在我開始學琴的那幾天，我的繼妹也去拜師學琴了。那位老師住在我家附近，但是收費超貴，聽說是位名師，雖然招牌掛了很久，但一聽到那學費我的直覺就是——那不是我的世界，是和我是八竿子打不著關係的，只能敬謝不敏。所以我只能長途跋涉到學費比較便宜的地方上課。雖然我常經過那戶人家，卻從來沒有想過有一天會踏進去，最後甚至和這位大師的兩個可愛女兒成了好朋友。全是託了繼妹之福，因為繼妹被安排到她家上課，黏人的她，纏著我陪她上課，真的很煩，迫於壓力，我只好硬著頭皮先陪她上個幾堂課，並警告她一個月之後就不要吵我，她滿口說好。

這位鋼琴老師有著一頭飄逸長髮，非常美麗又有氣質，連講話都好好聽，簡直是仙女。她彈的一種鋼琴比我家的魯賓遜醜，黑壓壓的，名字也不好聽，叫 Yamaha。這不是機車名字嗎，哈哈，真是土得有力。很奇怪的，不知是不是仙女施了魔力，仙女隨便彈幾個簡單的音，從 Yamaha 肚子發出來的聲音聽起來都好漂亮，是一種聽起來讓人舒服的、愉悅地甜甜少女的，不像我家老爺爺鋼琴那樣不聽使喚又常發出沙啞的聲音，簡直像拉不動的老牛，還有幾個鍵按下去竟然就陷下去爬不起來，真令人受不了，從此之後我記得了這個強而有力的名字，但只要想到我家那徒有外表又不爭氣的魯賓遜，真的感覺有點遜。

大真小真是仙女的兩個女兒，因為我們年齡相近，儘管我沒在她們媽媽麾下學琴，當我繼妹上課時，我們三個就會去她們的後院玩沙。繼妹老師家的後院種了兩顆楊桃樹，上面掛了很巨大的沙包。大真小真身體比較弱，她們的帥爸爸固定會讓她們兩個打沙包，甚至還要兩姊妹互相格鬥。有一次，我看到她們全身穿著格鬥衣，兩人實戰對打，兩個小女生扭成一團，不只汗流浹背，眼中也湧出了淚水。小真被姊姊抓著打，帥哥爸爸竟然在旁邊叫囂，「快，反擊，用力踢對方，把對方擊倒」等挑釁的言詞，激得雙方就像兩頭發狂的猛獸，雙眼像要噴出火焰。那好像是殺戮戰場，不是你死就是我活，兩人抱在一起互捶對方的頭或肩膀，甚至用牙齒試圖咬對方，雙方的頭髮已經在相互拉扯下凌亂不堪，一個咆哮的父親加上兩頭野獸的嘶吼，那種場面讓我驚呆。直到小真被大真壓制到完全無法動彈，她爸爸才願意喊卡，露出滿意的笑容，稱讚她們堅持到最後。但大真小真沒有喜悅的表情，兩人身上不只掛彩，還哭得唏哩嘩啦的，我在旁邊看得嚇出一身冷汗。

我不知道他為何要用這麼激烈的方式訓練自己的女兒，現在回想起來，也許是要鍛鍊她們的意志吧。還好她們的爸爸結束殘酷的戰鬥後都會犒賞女兒，也會算我一份，他說我是盡責的觀眾。

我們領到小零食後，不會忘了她們家養的小白。小白也可以分享到戰利品，我們三個只要大叫「小白」，牠就會從更深的後院跑出來。小白雖然被關起來，但整個大後院都是屬於牠的天地，裡面種了很多樹，也有很多野花野草，我甚至懷疑裡邊有蛇。有一次我們誇進鐵欄杆想進去探險，每走一步都必須撥開草叢。剛開始很刺激，一直想走到更深的地方看看小白的地盤，走沒幾步，小真亂叫一通，我們三人搞不清狀況就往回奔跑到柵欄處，三個人爭先恐後地想逃離這地方；小真先跨出去，我嚇得在後面推她屁股，只有小白高興得狂搖尾巴，牠可能以為我們在和牠在玩你追我跑吧。

後來我們逼問小真到底為何狂奔，她只說好像看到什麼影子，什麼啊，嚇死人是不用償命喔，從此我們不敢再踏進小白的天地。但小白只要聽到三個人鬼吼鬼叫的，就會自動出現在柵欄邊，這是我第一次感覺到狗的靈性。

＊

我、繼妹、大真小真，找到一個新的遊樂場，那就是我家前面堆得像小山似的沙堆。只要繼妹不用上課，大真小真也不用練琴或格鬥時，那就是我們最美好的時光。沙堆真的是比任何玩具好玩，想要做成任何怎樣的形狀，只要你想得出來都可以。我們最喜歡挖一個大大的洞，上面蓋蘆葦，再蓋上一層薄薄的沙，做成打獵的陷阱，再請勇敢的小真衝刺過去。如果她可以躲過我們做的陷阱，我們就要買七七乳加給她當獎品，所以我們常常要策畫動線引誘小真上當，免得又要荷包失血。不知道是動線規劃不善還是她都偷看我們挖陷阱的地方，常常被她躲避掉，讓她七七乳加太簡單就到手，後來小真就越來越胖。

有一天，沙堆附近突然出現三隻狗。一黑、一花、一黃，像是流浪狗卻又不是，因為到晚上牠們就會回到一戶人家，到隔天下午才會被放出來。問這家主人，她說這是她的房客，三個讀農專獸醫系的學生養的。由於學生忙於課業沒時間照料，屋主也不喜歡狗，白天學生不在，她就把狗放在外面遊蕩，只有晚上大學生回家的時候，這三隻狗才能進屋。真令人納悶，有這種養狗方法嗎？

不管，沙堆又來了三個玩伴，我們要幫她們取名。小黑是牠們的領頭狗，就依我最愛的戲劇男主角命名為楚留香；小花最狂，但她是女生，雖然和女主角個性差太多，還是叫牠容兒，另外一隻不愛和我們玩的邊緣狗索性就叫牠胡鐵花。狗狗軍團成立。以後跑陷阱的工作任務就落到這三隻狗的身上，我們真是名符其實的獵人了。

楚留香和我最親，只要我大叫楚留香，牠就會衝過來找我，每每看到牠掉到陷阱裡傻呼呼的模樣，我們這些屁孩就會放聲大笑，想想真是好幼稚。

有一天，三隻狗狗消失了一段時間，我們遍尋不著，於是決定組成搜查大隊，以沙堆為中心，展開方圓五百公尺的人力搜索。每個成員都從家裡帶了好吃的肉乾，決心要找到牠們，但還是沒有發現任何一點牠們的蹤跡，於是有一段時間，這三隻狗就這樣失去蹤影。

某一日，不知從哪傳來狗狗的嗚咽聲，直覺那就是牠們！四人小組馬上展開行動，朝聲音的方向移動。原來牠們被關在狹長的巷子裡。不看還好，一看到蓉兒，心就碎了。蓉兒的耳朵和尾巴都被剪掉了，原本亮晶晶調皮的瞳孔，散發出一種悲涼無辜的神態，楚留香和胡鐵花的尾巴也不見了。三隻狗看到我們，想靠近又遲疑不前。

我們分頭衝回家拿出冰箱裡最好吃的肉，湊到牠們面前，牠們才願意從狹長的巷弄裡慢慢靠近我們身邊。蓉兒的耳朵滲出血水，雖然有擦過藥的痕跡，但是還是呈現糜爛狀。才一個月不見，就被那些農專獸醫系學生整成半死不活樣，我真是氣炸了，正義感就要噴發，我決定晚上要堵這些可惡的大學生，可是偏偏都遇不到他們，倒是遭到一堆蚊子的襲擊，讓我每天只能撐十分鐘就耐不住。

終於有一天遇到房東，房東說那些獸醫系的大概十點才會回來，但我是小學生，九點半就要上床睡覺，所以始終都沒遇過這些人面獸心的學生。我個人天真地展開營救活動，在接近晚上七點的時候，趁著月黑風高，偷偷把和我最要好的楚留香抓進我家的庭院，然後假裝一切都沒事的樣子進屋吃飯。誰知道，楚留香一直時不時的吠叫，驚擾了繼母。我假裝沒事樣，只說是外面的狗吠聲，用這麼可笑的方法，果然，不到晚上八點就被發現了，我超遜的營救計畫不到一個鐘頭就宣告失敗。繼母還直說不知為何有狗狗鑽進家裡，索性把庭院鐵門拉開，楚留香一溜煙就跑出去找蓉兒了。我順勢假裝什麼都不知道跟著附和，真是小孬孬。

不過當時我最氣的是這些獸醫系學生，為何不好好對待動物，反而沒事要切割牠們的某些器官，現在回頭想想，也可能，這些大學生想要精進自己的醫術，真的不得已，才拿三隻狗做實驗，也許，也有他們的苦衷吧（像我現在養的狗也是被剪了右耳，聽說這樣做可以讓捕狗隊知道牠是條結紮過的狗，捕狗隊看到這記號就不會硬性捕捉牠們了，反而對野放的狗是一種保護）。希望如此，否則真令人生氣。

後來這三隻狗都不見了。每次放學後那三隻迎接我的楚留香、蓉兒、胡鐵花，就這樣永遠地消失在我的生活中。

4 繼妹小魚的鋼琴課

話說，新妹妹小魚練琴進度之快真是讓我瞠目結舌，畢竟人家是花大把銀子去拜名師學藝，果真是不同凡響。我還在《約翰．湯姆遜初級》（一本鋼琴教本名）前幾首曲子磨磨蹭蹭的時候，小魚進度竟然已經到第二冊了。

打開那本琴譜，裡面的音符密密麻麻，看得教人頭皮發麻，新媽媽簡直得意到不行，逢人就說小魚多麼多麼的有天份，哪像我比較早學還輸她女兒一大截，新媽媽只要遇到鄰居就像個播放器一樣一直說著小魚的豐功偉業，時不時拿我來比較一下，我想鄰居聽得也乏了吧。

小魚也是踐踐的每天秀那幾首歌，聽到我耳朵都快長繭了，但不得不說，真的聽起來滿酷的，讓我好生羨慕。我只能默默安慰自己，只是因為繳比較少的學費，只上半個鐘頭，所以我彈得比較慢也是理所當然的。那時，我只要能和小翁在一起玩，就是最快樂的事了，我彈得好或不好都自覺無所謂，我只是把學琴當幌子而已，乾脆承認小魚真的是有兩把刷子，甘拜下風。

小魚的好日子在新媽媽幫她買了一台超級昂貴的原木色復古風的美國波音（Baldwin）鋼琴下畫上了句點。怎麼說呢，就因為小魚進度實在太快，應該是屬於天才型音樂家，所以大真小真的名師媽媽建議要用更好的琴才能更精進琴藝。新媽媽聽到這消息真是像中了頭獎一樣快樂，還堅持一定要最好的琴才能和小魚匹配。這台專屬於小魚的波音鋼琴，真是不得了，拋光的原木色，巴洛克風的雕刻，還附贈貝多芬造型的除濕機，琴罩和新娘紗一樣夢幻。雖然肚子沒魯賓遜大，但發出的聲音不只美妙清脆，還可以傳到很遠的距離，真是悠揚的琴聲無誤，好像比 Yamaha 還強大。美國琴嘛，當然比較好，不用彈，光是用視覺欣賞就是藝術品，隨便擺在哪個角落，蓬華也會生輝。

兩個家庭下的孩子要比拼，當然買的琴也得比拼一下，酸言酸語又來了，好像我們只配彈老琴，小魚就值得美國琴。我很忿忿不平，為何她的嘴巴那麼壞。倒是我父親，一副事不關己的樣子，被羞辱了也沒要沒緊，反正只要沒花到他的銀子，對他來說就無所謂。自己小孩被後母酸也沒關係，又不會少塊肉，反倒是我最好不要花這無用的鋼琴學費還比較好。於是他常常也跟著吐槽我，希望我打退堂鼓。還好有翁爸爸，只要我爸一叫我停止學琴的念頭，我馬上連絡小翁，然後小翁就會催促翁爸爸打來關心，我爸會看在翁爸爸的份上讓我繼續學。我記得每次跟爸爸要學費，都要趁他心情好一點的時候，不然要不到學費還會被說浪費錢。

沒想到買了這台波音鋼琴後，才是小魚妹妹苦難的開始。後母花了近十萬銀兩，便更勤奮地盯小魚練琴，每天吃完晚餐，後母就會發出雞鳴聲狂喊：「練琴！」剛開始她們母女倆還相安無事，沒多久，小有脾氣的小魚便開始反抗。不只練琴被罵，練完琴沒蓋好蓋子也被罵得體無完膚，母女倆剛烈互不相讓的個性加上善於運用苛薄的言語，常常讓場面失控，一個抓狂，一個哭泣。後母決定不讓錢像丟入水裡毫無回報，近半年的時間用高壓的手段逼迫小魚練琴，小魚低頭了，但是她的琴藝就徘徊在《約翰．湯姆遜》第二冊就止步了。不到一年，名師也帶不動了，後母終於投降了，這台波音琴漸漸遭受冷落。

這個時期，看到小魚終於嚐到被壓迫狂酸的苦頭，心中有點竊喜，但是我總覺得也許她有音樂天分，但遇到這種高壓的手段，喜歡的事物也變成痛苦的囹圄，可惜啊。

這時的我還在《約翰．湯姆遜》第一冊的〈仙女宮廷〉而已，彈得也滿辛苦的，但是這首歌的插圖讓我繼續堅持下去，因為上面畫著一個仙女對女王恭敬的鞠躬敬禮。為了這插畫，我想完成了這首歌就等於幫這首歌配上莊嚴的配樂，那真是太酷了。我自己樂在其中，把每個音符都注音，簡化那些小蝌蚪，彈第一行時，感覺我竟然做出那種氣勢，好像我就是那女王一樣行進至宮殿裡，並接受大臣的歡呼，現在回想，那也只是四個音組成的和弦，我竟然為這四個簡單的音，彈得洋洋得意。為了這四音，我把它們處理成小聲到大聲，增加氣勢感，竟然花了一個禮拜玩這一首，樂此不疲。回頭想，那時的我真是好天真快樂地玩鋼琴。

*

一個屋簷下分成兩個陣營的日子，氣氛真的不是很好。後母對父親的怨恨越深，加諸在我們姊妹三人身上的痛苦也越多，常常為了雞毛蒜皮的事情吵個不停。

二姊正值叛逆期，和後媽的關係簡直是差到不行。後媽常找二姊的碴，有一次二姊燙衣服燙到差點失火，不只裙子燒破一個洞，連床木板也落下熨斗的焦痕。那焦痕變成後母往後辱罵二姊散漫的證據，「散仙」這名詞好像一直是後媽給二姊取的代號。我呢；就比較屬於小孬孬的類型，當後母辱罵我父親的時候，我心中雖不平，但也不會反擊，畢竟，小學生的我真的是什麼也不能做，即使後媽譏諷我們一家人都沒教養，甚至還說我們是「番人」（我舊家地名叫番社）；這些話，我還是只能默默忍受。也許因為這樣，後母對我相對於二姊應該算是仁慈多了。但有一點不能饒恕的就是，為了讓繼妹比我出眾，繼母竟自己動刀剪我的頭髮，把我的頭髮剪得像狗啃似的，害我每次面對俊彥班長時都超沒自信的。雖然她說是不小心手拙造成，但我心裡就是認定她是故意的。

大姊那時已在讀師專，所以比較沒受到流彈波及。我記得最慘的一件事就是兩家要分開吃早餐，這是一個大問題。不願意一起吃早餐代表有一家人必須要早起吃早飯，我們被告知要在後母準備早餐前就要搞定我們的早餐，理由是他們不想跟我們同桌。結果是，我爸早上四點就起來煮早餐，四點半就把我和二姐叫起來吃，我爬不起來也不行，會被我爸硬挖起來吃早餐，吃完大約五點多再睡回籠覺，所以我常睡眠不足。這真是古怪的一件事，憑什麼她們就可以正常吃早餐，我們就要配合她們，我們是次等公民嗎？回想起來真的覺得我爸很沒膽，雖然後母嘴巴很利，又很鴨霸，但也不能這樣犧牲孩子啊。

我爸常做的事就是讓後母予取予求，消極面對，他自己受不了時，就索性自己騎了摩托車回阿公家，留下我們獨自面對兇悍的後母。到了早上七點，看到新媽和小魚很從容的享用早餐，這種強烈對比，讓我覺得好悲哀，也許在我父親的眼哩，我們三個女兒真的是拖油瓶吧，只要後母不要拿到他的錢，孩子受盡屈辱甚至睡眠不足都無所謂。

事情越演越烈，雙方壁壘分明到了不可收拾的地步。兩邊諜對諜，我爸每天都在藏他的財物。有一天他神神秘秘的叫我上頂樓，說要給我看他種的鐵樹。

那鐵樹好大一株，想當然那盆栽更大。這株鐵樹我不是沒見過，幹嘛特地要我看。沒想到，我爸開始挖土，挖了許久，竟然挖出一條塑膠管，他小心翼翼地用鋸子鋸開，不看還好，一看竟是金磚。陸陸續續，挖出三條黃澄澄的金子，超令人傻眼。它們沉甸甸的，我用盡力氣才可以抓起一塊，真的是磚頭的形狀，難怪叫金磚。我真是大開眼界，原來這空中花園是個障眼法，後母挖空心思每日想找我爸的財產，我想找一輩子也找不到吧。我爸說這是我媽留下來的三塊黃金，萬一他生病或怎麼了叫我要記得金子放在這裡。然後小心翼翼的用三條水管分別包住每條金塊，再深深地埋進盆栽裡，鐵樹也歸位，一切又回到原狀。

*

爸爸已經計畫想賣掉這間房子，然後以迅雷不及掩耳的速度搬回我們以前住的屏東縣老家。我其實是有點不願意的。學校的人脈我已經打進去，小翁和我好得不得了，俊彥班長好像開始對我不錯，只有一個叫豪豪的白目帥哥纏在我身邊；本來還以為我賺到了，沒想到卻是苦日子的開始。也許豪豪也算是和俊彥班長並列為帥哥的類型，所以很多女生不爽我和他坐一桌，我一直解釋，就沒人相信我實在很討厭他。

豪豪為了和我一組，會去老師那報假訊息，說什麼我沒有他不行；結果證明他只會偷懶，等我寫報告，誰叫他是全校最兇老師的寶貝兒子。他不只懶惰，還是標準色胚，一跟他吵架，他痞子的模樣就出現，他會用拳頭打我，不打別的地方，卻專打我胸部，真的痛到會飆淚，但我不敢講。即使我講了，學校女生也不會相信，還會說我故意引起帥哥注意。

爛帥哥，剛開始配到和他坐同桌時還挺開心的，但沒幾天我就很想把他踢到別的位子了。他不走，我想個辦法請另一個女生和他坐，那女生求之不得。但是豪豪隨即告狀說我換位子，硬是要我坐在他旁邊。我越生氣他越快樂，一副就是故意想激怒我的痞樣子。後來我採取冷處理的方式應付，但是他仍舊像鼻涕一般黏著我，黏到我又想揍他、瞬間變回那恰北北的樣子臭罵他，他才高興。我和廖同學玩得很高興時，他也不爽，硬跟老師說我才是他那組，誰叫他媽媽太大牌。最討厭的是，老師教他去自述的時候，好像最無辜的是他，現在回想起來，這模樣應該是猥瑣的恐怖情人雛形。他真的很喜歡激起我的脾氣讓我打他，兩人對打卻偏要打我胸部，這動機真的很可疑。

我很討厭他上音樂課時，明明都沒唱出聲音，卻把嘴巴打開得像是可見到喉嚨。音樂老師以凶狠出名，全校都很怕她，上音樂課時只會一直飆罵，要我們打開喉嚨，要我們唱得震天價響，也不管唱得好不好。當我努力用力地把國歌唱到淋漓盡致喊破喉嚨時，一轉頭看到那色胚的嘴臉，真令人想吐——他的嘴臉扭曲成橘子狀，眼瞼也抽搐著，我認真地偷瞄他，根本沒在唱，只是在對嘴演戲！我正義感發作，狠狠不屑地瞪著他，爛帥哥竟然可惡的對我挑了挑眉。下課前，魔鬼音樂老師還當著全班的面稱讚他是唱得最好的小朋友，我不知怎的就是氣到不行。我忍不住又罵他，然後又開始一串無聊的互相打罵行為。旁邊的同學還以為我們是一對，連小翁也這樣認為，說了什麼好羨慕我的話，我簡直快被氣死了，好無力。

好不容易下學期要換位子了，我好希望在跟俊彥班長坐一起，沒想到那痞哥竟然又坐在我旁邊，一副洋洋得意的模樣，真是夠了。我私心認為是他拜託他那可怕的媽媽來喬的，不然怎麼會這麼巧。我怕俊彥班長也以為我喜歡那渾小子，這真是跳到黃河也洗不清啦，怎麼一樣是帥帥的小男生，人品差這麼多，想到他的嘴臉，到現在還是好生氣。

5 大姊的西洋音樂錄音帶

處在家中兩個家庭互相角力的世界裡，我想最不受影響的應該是我大姊吧。因為她是家裡的資優生，正值國中末期要考高中，我想後母也不想拿大姊和才小二的新妹妹比拚。況且大姊功課很好，還能畫畫，聽說大姊上課很愛打瞌睡，但很不巧，考試還是名列前茅，上天真的很不公平。

大姊順利地考上高雄女中，成績太好。聽大姊說，老師覺得她成績好到可以去當老師，她一聽，怎麼考上高雄第一志願後來還是要當老師，真的就傻傻地準備重考。聽說在補習班那年，她也是一直在打瞌睡的日子裡度過，也一樣畫著她的少女漫畫，一樣地聽著最新的卡帶，隔年，又莫名其妙地考上了師專，這真是太神奇了。也許是大姊太優秀，讓我爸太驕傲了，總感覺大姊零用錢比較多，這也許是我的錯覺，但是我有證據。

大姊總有看不完的漫畫，一直更新，每週都會有新出刊的少女漫畫出現在我們的房間裡，我也跟著受惠。大姊看完輪二姊，我常常吵著要先看，每次都被打槍，誰叫我功課不好。

姊姊們的朋友圈話題常圍繞著流行的少女漫畫；《千面女郎》的譚寶蓮和邱俊傑的戀情進展，到底紫玫瑰是不是邱俊傑送的？《尼羅河女兒》的凱羅爾到底是被那個王子奪走了？曼菲士搶得回凱羅爾嗎？哇！真的好精彩，這兩部漫畫可說陪我成長，我現在都年近五十了，這兩名女主角卻青春永駐，譚寶蓮還是跟邱俊傑有談不完的戀愛，尼羅河女兒還在被好幾個王爭奪著，真的是「慢」畫啊。

說回這位資優生，不只亂讀就隨便考上好學校，看漫畫還看到想出書，常常畫了好多個有頭沒尾的故事叫我們看，裡面一概是俊男美女，美女身邊還要漫畫專用的網點之類我聽不懂的漫畫工具才能把美女襯托得更為出色。大姊桌上參考書居少，卻充斥著稿紙、墨水、各式各樣沾水筆、粗的細的，好多把不同的尺，而且好像還一直更新。美女擁有的一雙水汪汪的眼睛，可以花掉她一天的時間修來又修去的。她在畫圖時，就是她放下最新期漫畫週刊的時候，那就是我承接漫畫的時間。

我獲益最多的不是漫畫裡的什麼情愛故事，而是週刊後面附載的瑜珈小撇步，這一週有魚式，下一週練金雞獨立，每週都有不同的花式，基於讓這些週刊產生更大的CP值，我會和小魚大真小真比拚，看誰的柔軟度好，每週都換新的招式，比拚起來還算有趣。直到現在，我柔軟度不會太差，是否與此訓練有直接關係，我就不清楚了。

撇開這些漫畫、零用錢讓我忌妒外，大姊還有一個奢侈的陋習，就是畫漫畫或看書時一定要配上當年最流行的金曲，還不是國台語的，而是「高級」的英文歌，例如奧利維亞．紐頓強、披頭四、約翰．曼尼勞、辛蒂．羅波這些阿兜仔的歌，令我受不了的是又要一直更新。

我常和大姊去逛唱片行，一看那價格，傻眼，一捲錄音帶可以買十幾個麵包耶，真是太浪費了，難道不知道爸的錢快要被繼母洗劫一空了嗎？難道你不知道爸爸窮到只剩下三塊金磚嗎？漫畫錢就不得了了，你還在聽這靡靡之音，還不停 follow 最新 billboard 排行榜，一直詢問店長誰的最新專輯出了沒，真不識大體。但掏錢的爸爸沒說什麼，我們哪有資格說呢？況且那陣子我數學考得很差，沒被罵就不錯了。

又基於 CP 值要高的崇高理念，我一邊練著瑜珈便一邊聽著那些歌，雖然不知道在唱什麼碗糕，但那優美動人的旋律卻深深的吸引住我。有一首歌聽起來很快樂，但大姊說那是說一個生重病要快樂的告別這世界和朋友的歌詞，令我簡直不敢相信。"goodby to you my trusted friemd……..we had joy we had fun we had season in the sun……"（歌名是 *Seasons In*

The Sun）懵懂的我不知道為何告別朋友、告別女友，可以帶著感恩和微笑，是因為美國人比較開朗嗎？還有另一首歌，我只聽得懂這位男主角要大家輕聲細語，我一直要求大姊跟我解釋原意，大姊忙著畫畫，丟了一本翻譯書要我自己看，我看了好震驚。歌詞大意是一群礦工遇到礦災，男主角拿起全家福的照片跟旁邊的同僚輕聲地說，這是我的家人，然後又說：「噓、要小聲點，免得石頭又要塌下來了。」這兩首歌詞帶給我無比的震撼，台灣流行歌曲好像沒法寫出這種旋律和歌詞吧。

雖然大姊一直在更新錄音帶讓我有點看不慣，但我卻也享受著這些歌帶給我的愉悅和感動。可能因為大姊的影響，我青春時期幾乎不聽國台語歌，覺得本土的歌都很俗，排斥去聽，甚至覺得聽的人沒格調。偶爾看到台灣出品的 MV（音樂錄影帶）想要模仿外國的拍攝手法，還會嗤之以鼻——基本上我那時就是個崇洋媚外的小女生。聽英文歌的習慣一直持續到大學後，台灣流行歌曲漸漸成熟，我才轉而聽本土的音樂。記得在國中時本土偶像歌手屢屢擄獲不少年輕人的心，最紅的應該是楊林吧，國中的好朋友都在聽著她唱的〈玻璃心〉，歌詞是這樣的：do、re、mi、do、re、mi、do、re、mi、do、re……的唱著，我雖然也跟著唱，但心裡卻是恨鐵不成鋼的 feel，總覺得國語歌少了更內心深層的觸點，就像一道菜煮得很豐盛，但是就是少加了鹽巴，永遠少了一味，無法打動我的內心，無法讓我發自靈魂深層的感動。也可能是英文歌詞只聽得懂百分之六十，那異國語言的韻味，即使不是很懂，但旋律卻深深地打動我。

國中枯燥的課本一定要配上英文歌曲，就像電影一定要配上音樂一樣，就是如此的理所當然，那枯燥的升學路，只要有 Paul Young、Madonna、Michael Jackson、Modern Talking、A-ha、 Air Supply 這些卡帶陪著我，好像也就沒那麼煩了。讀書睡覺配音樂這習慣，直到認識我先生後才漸漸改過來，因為先生不習慣；但總覺得能聽音樂入睡是多麼美好的一件事，不能聽歌入睡才是壞習慣，哈哈。

6 分道揚鑣

媽媽還在世的時候，我常覺得爸爸很偉大，因為他總是早出晚歸，說是要去高雄見他的親弟弟，還要把薪水拿去他弟弟的鐵工廠投資。

爸爸每次回家就不停碎唸著叔叔的公司多麼賺錢，他投資叔叔的企業有多好多好，又說他返高雄屏東很辛苦之類的話，所以基本上我很少見到爸爸，因為他都忙著拿錢去高雄「投資賺錢」。小時候聽說他又在高雄了，我其實是很高興的，因為他回家一定會帶可口奶滋給我們三個姊妹。剛開始吃的時候，覺得真的是超級無敵可口，心中總覺得都市的餅乾就是不一樣，總是感激爸爸有一個在高雄發展很好的弟弟，好像跟著雞犬升天。我們也因此偶爾會到叔叔家去玩，這時一定要穿得整整齊齊、漂漂亮亮的，才不會被高雄人一眼就看出我們是屏東鄉下來的小孩。

高雄有最棒的大統百貨公司，裡面頂樓有我們最愛的遊樂設施，旋轉木馬、咖啡杯，而且一定都要逛到晚上九點，因為就在此時此刻，頂樓的白雪公主玩偶才會攜帶七矮人華麗登場，士兵會吹喇叭報時，所有的期盼和快樂就在這刻才算到達顛峰，每個小朋友都在期待這一幕。有一次媽媽在一樓買化妝品，差點錯過白雪公主報時，我氣得在旁邊一直拉扯她的衣袖，幾乎要躺在地上耍賴，媽媽為此遲到了幾分鐘，沒能趕上白雪公主打開門的那一霎那，我就很恨為何百貨公司要賣那種無用的化妝品，又不好玩，還會讓媽媽們在那邊浪費我們小孩的時間。我一直問媽媽為何一樓不擺玩具，老闆怎麼這麼笨，但媽媽卻說一樓最賺，真令我不解。

說到可口奶滋，現在我們三姊妹並不懷念這吃了好久的餅乾，反而聞到這味道就有點反胃，實在是吃膩了，因為爸爸就只會買這種餅乾，好像成為一種儀式，到現在我看到這餅乾還是避之唯恐不及。總而言之，小時候我是滿尊敬爸爸的，一直到他和後媽反目成仇，我也還是最挺我爸爸的那個小孩。他實在太常灌輸我偏差概念，像是他的錢快被挖光，或是他一個人賺錢養我們三個多辛勞等等，有一陣子他甚至得了猛爆性肝炎。我覺得他好可憐，又生病又被後媽惡言相向，繼妹也瞧不起他不尊重他；大姊上師專了管不到他，二姊又正值叛逆期也不理他，只有我會替他不平，所以只要他需要我幫忙我都會兩肋插刀，義不容辭。

他生病的那段時間只有我會傾聽他的怨言，我會陪著他看中醫的書，聽他說什麼小柴胡湯之類的藥名功效，我聽話到連老師都知道，還頒了個「孝悌楷模獎」給我。可是因為如此，我對爸爸的好，他視為理所當然，到後來他吃定了我對他的好，以至於他經常指使我去做我不喜歡做的事。

印象最深刻的是，他洗澡時忘了拿毛巾，便支使我到三樓幫他拿，我很想幫忙，但我很怕黑暗的三樓，總覺得那暗處躲著什麼不明物體。那時的我，願意為他犧牲小我，但唯有這事始終讓我卻步。我和父親打個商量，為此他卻痛罵我一頓，還斥責我無膽，說生女兒沒用，罵了種種難聽的話——結果我還是要去。從那時起，我便知道，我對他的善良只會讓他把我看得更低而已，他只會軟土深掘，利用欺負對他好的人。好像也從那時起我開始不同情他了，我也進入了叛逆期，甚至很想把孝悌楷模這加諸在我身上的枷鎖撕掉。

＊

兩個硬湊起來的家庭最終還是分道揚鑣了，爸爸連夜逃離繼母的魔掌，搬家車來時，繼母瘋狂到砸壞了兩大罈的葡萄酒，整個房子充斥著濃郁到嗆鼻的酒精味，我甚至覺得揮發出來的酒精連鄰居都可聞到。雖然那味道是如此香醇，但是暗暗飄出一種恐怖的氣息。逃離時，身後咒罵的字句，隨著車子行駛，越飄越遠，然後模糊。

回到鄉下定居後，沒有翁爸爸的力挺，鋼琴課被迫中止。這一停，鋼琴又幾乎荒廢了。我的程度就一直維持在拜耳五十首左右，實在是很不成才。有一天，在我們那小小的村莊，竟然有人彈出〈給愛麗絲〉這首耳熟能詳的曲子，才又重新喚醒我再學鋼琴的悸動。剛好那時遇到賣我們魯賓遜老爺爺鋼琴的楊老師，在楊老師的慫恿之下，我爸又不得不掏出學費了，真是感恩楊老師。

我和班上的大姐頭琪琪在放學後都會結伴到學校的音樂教室上課，再加上幾個中年級的學妹，都在楊老師的門下學習，我們幾個是學校少數能彈鋼琴的人，每每放學我們這群彈琴的就有特權享用學校提供的兩台琴，只要一般平民學生進來音樂教室，都會被大姊頭威嚇，只能躲在遠遠的地方投以羨慕的眼神。我們成群結隊，自成一個小圈圈，也不知道在驕傲什麼。當我和琪琪被選入樂隊時，我們更成為學校的風雲人物；有一次我書法課沒帶硯台，好幾個學妹搶著借我，為了這事她們竟然還吵起來，真是太誇張了。雖然人氣攀升，我卻一點也驕傲不起來，因為我知道自己的程度，感覺自己只是包了一層假的外殼，這層淺殼如果在以前的附小，那真的是太不足為人道了，只有在這見識不廣的鄉下才會被高估。

楊老師很喜歡用《拜爾》和《徹爾尼》的教材，偏偏我就是討厭這兩本。其他學妹都按部就班的苦練，尤其是有一位家裡賣豬肉的學妹，進度好快，把我們這些學姊都遠遠的拋在後頭。她家住我家斜對面，就連她爸在賣豬肉時，她也在一旁練琴。賣豬肉的爸爸一有客人來就一直炫耀他女兒，學妹的琴聲也在我們那條路上小有盛名，這實在是讓我和琪琪有點看不下去，忌妒得牙癢癢的。我們的結論是楊老師偏心，為何豬肉學妹每星期都有新曲子，我們兩人就一直在某個曲子原地踏步，我們決定要跟老師反應這不公的現象。

終於有一天，我鼓起勇氣跟老師說我要彈〈真善美〉這首曲子，楊老師的口氣就是我不可能彈起來的意思，我很不服氣，為了這首喜愛的歌曲，我竟然咬著牙硬把它練起來了。楊老師也一副不可置信的表情，這刻我才發現——原來為了我喜歡的曲子，我也能任勞任怨的去練習而不覺得痛苦，我所有的動力都是因為我「想彈」而去彈，而不是為了技巧而去彈，老師投降了。老師說了一句評語，「你在彈名曲的時候，雖然技巧還沒成熟，但總是可把情緒做到位。」從此楊老師也不逼我一定要練好枯燥的技巧，而是找我覺得動聽的曲子讓我彈。

那時我才找到彈琴快樂的真諦，為喜歡的音樂而彈奏是多麼好玩愉悅的事情，我是在玩琴，不是在練琴，從那時，我不再羨慕豬肉學妹純熟的技巧，反而很同情她受的折磨。她是苦練來的，但我的苦還夾雜著很大的快樂，我不需要被人讚美技術多好，但我要自己彈得開心，我是為自己的快樂而彈。從那時我便不再斤斤計較哪個學妹又超前我的進度，也不再和琪琪批判老師的不公了，我看到那些複雜的蝌蚪不再排斥，因為我知道那只是一個過程，一個符號，透過它我可以優游在這美妙的旋律之中。

我終於找到支持我撐下去的信念了。

很神奇的是，當我彈到這些名曲時，才發現裡面真的夾雜了好多艱深的技巧，我主動提議想重拾《拜爾》和《徹爾尼》這兩本令我討厭的課本。

再回去彈它們，我不再覺得枯燥，我充分的理解這兩位古人的用心，我甚至還在每一首的空白處備註這首歌要教授的重點，例如這首重點是學斷奏，那首歌曲是要我們精通和弦或是阿爾貝提的伴奏。我不急於練會這些技巧，但我想分析這兩位先人要教導學生的是什麼。當賣豬肉的學妹拚了命練琴的時候，我卻都是在分析，把譜畫得髒兮兮的才肯罷休，像個老師一樣只動筆不動手，畫得不亦樂乎。

也許是楊老師和我媽以前是好同事的關係，後來我才知道，楊老師是免費教我鋼琴的，也難怪爸爸並不怎麼特別阻止我練鋼琴；反正魯賓遜爺爺也一起搬回老家了，工具都備好了放著也發霉，免費的教學當然也不用往外推，只怕我這不成才的女兒叨擾到楊老師而已。我記得楊老師和我母親曾經非常要好，出發點也許是基於同事愛，或是看我這麼小就失去了母親，雖然每堂只是二十分鐘而已，但楊老師都盡心盡力教導，為此我感念至今。

7 被選為伴奏

在我們彈琴的小圈圈中，表現最好的豬肉學妹早就是伴奏的最佳人選，同學們心知肚明並沒有任何異議；大姐頭琪琪雖然很想毛遂自薦但也自知技不如人。我還記得琪琪還在我耳邊碎念著豬肉學妹還不是靠著他爸財力雄厚，老師才對他青眼有加云云，我也跟著在旁附和，點頭如搗蒜。

後來我們這群吃不到葡萄說葡萄酸的小圈圈說了許多豬肉學妹家的八卦，諸如：她們家豬肉不新鮮，她家肉比別家貴或是她爸爸抽菸時菸灰掉進豬肉裡，難怪吃她家的肉都有怪味；又說她爸賣肉時都會偷斤減兩，買一斤肉回家一秤變半斤諸如此類的話，描述得好像親眼目睹到似的；甚至還批評到豬肉爸爸的身材，說什麼太常吃豬肉難怪肚子那麼大，真是酸到了極點——我其實有些質疑，畢竟這學妹確實是有兩把刷子。而且學妹住在我家斜對面，她的一舉一動都在我的監控之下，只要她家一飄出琴聲，我也馬上打開琴蓋，輸人不輸陣——差別在我練二十分鐘就受不了電視的誘惑，而她卻可以堅持苦練一小時，我實在不得不服。

我還依稀記得那時四年舉辦一次的奧運，我看了近兩小時的水上芭雷，背景音樂都是學妹彈的土耳其進行曲。但我作為琪琪的小嘍囉，卻也昧著良心一味幫琪琪按讚。果然，壞心有壞報，這報應不久就降臨到我身上。原因就是楊老師真的是太愛護我了，竟然要把最重要的屏東縣合唱比賽的伴奏位子交給我，那當下，班上噓聲四起。

我心知不妙，以我的程度，同學一定不服，楊老師的「一片好心」真會把我害死。我知道我有苦頭吃了，想到豬肉學妹的遭遇，心中不寒而慄，心裡吶喊著，楊老師，不要啦，放過我吧！但是叫天不應叫地不靈。比賽有指定曲和自選曲，楊老師也知道我的程度較差，雖然這兩首曲目豬肉學妹都可應付，卻硬要把自選曲塞給我，明眼人一看便知，楊老師是明顯的假公濟私；我心裡更是知道，並不是我真的厲害，而是楊老師希望我能有一番好成績以告慰我天上的母親，也藉此對過世的朋友交代，於是我便在同學的質疑聲中硬著頭皮接下這燙手山芋。

我戰戰兢兢地從老師手上接過那首自選曲〈多娜多娜〉（美國民謠歌手 Joan Baez 演唱的歌曲 Dona Dona），不看還好，一看簡直快吐血。拜託，我左手還只能 cover 八度內的伴奏，這首怪曲子竟然已經拉大到甚至超過十度音有吧，右手更可怕，三個音疊在一起的怪獸和弦，我彈的〈真善美〉還只有單音，雙音我都還不會呢！眼睛掃了一下結尾：＊的，什麼碗糕啦，一堆音符像爬蟲類行軍一樣，從地底鑽到上空飛天遁地的，看得我頭昏眼花——這時我已經聽到講台下傳來一些唏唏簌簌的耳語，「一定因為她爸和楊老師認識，才選她的」、「憑什麼是她啊，又沒有比豬肉學妹厲害」、「誰叫她家的琴是楊老師介紹的啦」、「明明一個伴奏就好，為何硬要安插她呀」……我很想大叫：我才不稀罕哩，那你來啊，我才不想幹這苦差事哩！這又不是我愛的曲子，我不想練啦！老師甚至還解釋，這首歌的多娜並不是一位少女，竟然是一頭牛，我幹嘛彈這頭牛要被主人拉去市集賣的歌，真煩真煩。

這是我第一次體會到女生之間的忌妒心是如此的強大而可怕，尤其在這小圈圈裡，你不想鬥，別人也不會放過你，除非你真的比她們強大很多，才可以消彌這些閒言閒語。既然進也不是退也不是，老娘就拚了。回到家，我犧牲了看《小叮噹》的娛樂，也放棄了追《媽媽請妳也保重》的連續劇，把這首牛歌的音符一一寫上注音，老娘不會看那麼多音符，至少看得懂注音啦。就用注音去練好了，終於把右手的單音背好了，麻煩的是還要把底下的和弦挖出來，這真的是不小的工程。單音還好，但這隻可惡的牛幹嘛拖泥帶水的一定要用疊音啦，我又一頭栽進這無底的深淵。通常在這個時候會傳來表弟的呼叫聲：「表姊，我租的《城市獵人》快開始了喔，不看的話明天就要還了喔！」就這樣我放棄了免費看我愛人阿遼的機會（《城市獵人》的主角），與其被同學酸言酸語，我寧願犧牲一切娛樂。在一個月內，我從只會單音，硬生生的升等到三和弦，左手伴奏也勉強的從八度音擴展到兩個八度以上，算是勉強可以跟得上合唱團的節拍，至少堵住一些人的嘴。

可沒想到道高一尺魔高一丈，偏偏我們這群沒受過專業訓練的合唱團，尤其是第二部，根本唱不出旋律，只聽到一群青蛙在那邊低聲呻吟，或是像和尚念經，完全毫無音樂性可言，以至於第二部常常被老師罵得狗血淋頭還不准下課。這些音痴魔人非但不檢討自己，下課時還把過錯推到我身上，說我沒把二部的音量彈大聲，以至於他們第二部錯誤百出導致不准下課。好吧，既然是這樣，我嗆聲明天晨練會把第二部彈得很「清楚」。

隔天，我終於讓第二部閉嘴了，在我鬆了一口氣之後，老師竟然要我把第一部彈得重一點不要只顧第二部，天啊，到底是要怎樣啦。這時我發現豬肉學妹的遭遇也沒比我好，才讓我心裡舒坦了許多，反正重頭戲是她，我只是插花的，這事眾所皆知，我心底生出一種「活該，誰叫你比較厲害」的邪氣。

值得一提的是到了屏東縣最大型合唱比賽那一天，我和豬肉學妹都沒出錯，反而是合唱團的同學進場時走位出了一些問題，我想應該是我們鄉下學校校外比賽經驗不夠多。看到前面幾個實力堅強的隊伍的表演，讓大家的士氣瞬間低落，再加上有幾所學校是蟬連好幾屆的常勝軍，他們的表現都帶給我們莫大的心理壓力。看看別團再看看我們，我們感覺就像井底之蛙一樣跳出那狹隘的空間，才知道天外有天人外有人，平常那些自認是合唱團台柱的同學也開始惴惴不安，甚至緊張到走位都走錯了。不只這樣，表現結果竟然比平時差很多。

當夕陽西下大家都很黯然的搭上回學校的專車時，我卻在慶幸失誤的還好不是我，不然這筆帳可能又要算到我頭上了。

屏東縣政府舉辦的音樂大賽重點是在各校互相觀摩互相學習成長，到了我們單純鄉下學校卻變了形，衍生出這麼多同學爭功諉過的鳥事。再回頭看看我在屏東市那人才濟濟的校園，反倒是沒有這麼這些狹隘的惡性競爭，每個人有專才，鼓勵多項才藝的發展。我想是鄉下學校出頭的機會不多，老師的地位又太崇高，以至於為了得到老師的肯定互相暗自較勁，再加上太少參與縣市大型比賽的機會，導至於同學們互相明爭暗鬥的情形屢見不鮮，我想這是封閉的鄉下學校常有的惡性循環。不過，從擔任這次伴奏後，我的視譜能力大幅提升，原本不習慣看超於五線譜外的音符，經過這天堂路之後，好像這些音符看起來也沒那麼可怕了。這倒是我意想不到的額外收穫。

很多人問我的琴齡是多少年，我真的無法正確地回答出來，待我仔細推敲了一番，七歲開始學但是有學等於沒學，而且是免費的，那就算半年好了。接著和小翁學琴的日子，一週算上個二十分鐘好了，也只上了半學期就被迫停止，那就算個半年好了。再來就是回到鄉下學校，楊老師一週二十分鐘的教學，但遇到寒暑假和動不動楊老師就有事不能上課叫我們自己練琴，實質上課也算個半年好了（這也是免費的），所以七到十二歲琴齡加起來不到一年。算算我小學繳的學費就只在附小和小翁在一起的那半年，一個月八百元，六個月共四千八百元。天啊，我雖然花了七年才彈到布爾格米勒前幾首，但我用時間換取金錢，才花了四千八百元，CP值超高。想到我能只花小錢就能開心彈琴，覺得自己真是太有才了。

也有人問，難道不用調音嗎？很抱歉，魯賓遜幾個鍵都凹進去沒得修了，只要魯賓遜爺爺還可喊得出聲音，那就感激不盡了。

8

國中的慘澹歲月

國小畢業之後，進了我爸任教的國中。一年級的時候我的成績都算是名列前茅的，但數學就在我二年級編進升學班之後，再也沒有及格過了。

我自認為是升學制度下的受害者。一年級平均分班時，數學老師為了讓資質較差的學生跟上進度，教學的速度極慢，慢到我這個數字概念很差的人都快不耐煩了，還在x、y解個不停，總之就是要你滾瓜爛熟，而且都侷限在課本內的習題，演練了好幾次還不肯罷休。有時老師要應付那些程度更差的學生（有些同學回家要務農沒時間讀書），好幾個禮拜都上同一章節也是常有的事，差點讓我看到題目就知道答案了，無聊到我和隔壁同學還會趁數學課交換日記。

可是二年級分到了升學班，一切都改變了。老師忙著拚學校的升學率，才不管你了不了解，課本內容都還沒好好解釋，就發了一堆課外的考卷和書本，我記得一本叫做《點線面》的數學習題本，那真的是我的夢靨。女班導是我們學校王牌老師，但我始終覺得她真的是個女魔頭，沒本事教人，只會施壓，導致我們幾乎全班都要額外在外面補習。於是我的課業掉了，連琴藝也荒廢了，多出的時間只在忙著打電話問同學《點線面》的解答，或者一大清早還來不及吃早餐就餓著肚子趕到學校去抄答案。

通常剛抄完答案，女魔頭就會再抱一堆考卷來打趴我們。不誇張，一天八堂課竟然可以考到十張考券，同一個章節可以用不同出版社的考券來轟炸我們，這樣的老師，說自己是升學班的明星老師，我真的覺得太可恥了，她只花了一堂課念一念課本，寫寫黑板，然後就發下一堆艱澀的考題，非考你個十天半個月不可。我都還沒搞清楚解法，前面的同學又馬上轉身遞給我另一張考卷，考不及格就等著挨揍。這麼輕鬆的教職我也會當：每天就讓班長發考卷，副班長代為監考，自己卻搞個失蹤，考完之後再由班長念解答，同學們交互改考券，到了下午再華麗登場算總帳。這種教育方式，難怪會助長體制外的補習歪風。

有一天的早自修在考試時，訓導主任突然用廣播器鬼吼鬼叫的命令全校即刻到大操場上集合，這突如其來的命令好像是共匪要打過來的樣子，大家停下作答的筆，面面相覷，但大聲公持續地傳來激動的催促聲，「快點，馬上，立刻，一分鐘內全校師生給我抵達操場，沒到的記大過，加快腳步！」雖然感覺很恐怖，但對我而言卻像是天上掉下來的禮物，終於可逃避考試了。等全校師生都到齊了，訓導主任一一唱名，我以為是要頒什麼重大獎項，這樣勞師動眾的，沒想到被叫到的同學竟然被要求要用「狗爬」的姿勢爬到司令台前。這……不會吧。還真的，有五個男生當著全校的面，又跪又爬的往司令台移動，另外一個男生直挺挺的仍跩個二五八萬地走著，卻被另一位輔導主任飛踢到跪在地上，我看了簡直嚇傻了。

爬不到五十公尺，台上滿臉凶光的訓導主任又下達了一道更可怕的命令：「各位同學，這六個同學不學好，竟學人家抽菸打架、賭博，真是人類的敗類，大家說是不是啊？」

全校在一片鴉雀無聲中你看我、我看你的勉強擠出了一個字：「是。」輔導主任趁勝追擊，「你們不想當人，就去當狗，現在這六個同學，脫下你們的鞋子，用你們的狗嘴叼著你們的臭鞋給我爬上司令台，同學們以後會想要當像這樣的人嗎？」

全校又慘澹的發出「不想」兩個字。這幾個被稱為狗的男生陸續地爬上了斷頭台，喔，不是，是司令台，像要被處決的人犯一樣，老師逐條逐句的細數他犯的罪狀再審核他屁股應該開花到何種程度才適當。訓導主任拿起那粗大的棍子指揮著要他背對全校，然後用棍子搓搓他的肚子，示意要他當著全校的面蹶起屁股，隨後揚起木棍，死命地狂打好幾下，打到第三個男生時，不誇張，棍子竟然在空中碎裂，斷木噴飛，差點波及到台下的老師和同學。

我們全校師生像在看一部兇殘暴力片一樣，喔不，它真實的呈現在我們眼前。是我太單純了嗎？我竟然覺得可恨的是那訓導主任，他才是豬狗不如。他算什麼東西啊，叫我們來觀看，想要大家來合理他的暴力認同他的變態，而且這根本是動用私刑，為人師表卻做了最惡劣的示範。我不知道大家的看法如何，還是我太婦人之仁，我暗暗希望這個老師在畢業季的時候被「蓋布袋」。老師竟然已經把中學生當成狗，不把學生當人教，有老師有何屁用，乾脆請幾個武裝警察在學校鎮壓不是更快，你以為打到死他就會從狗脫胎成人嗎？

拜託，請用教育好嗎？

這天上掉下來的大禮，我脆弱的心臟實在無法承擔，真是無益於健康。還好，我們班導女魔頭仗著我們是升學班的優勢，向校長提出拒絕配合看這種下三濫劇情的豁免權，說什麼我們品行端正，讀書才是正事，沒必要看這種驚悚片，況且對升學一點幫助都沒有。說的也是滿有道理的，她終於有點用了。雖然往後不用再看那些會傷眼的暴力畫面，但還是要接受一堆考試的荼毒，我的眼睛也快被搞瞎了。令我最受不了的一點是，這種恐怖的情形沒有因為我們升學班的退出而減少，反而更為頻繁。沒了我們這群「好學生」在場的參與，訓導主任更能暢所欲言，吐出來的話更加惡毒，更是不加修飾。有時我在考試時聽到他那希特勒式的批判，心底真是厭惡萬分，沒本事的人，只會用羞辱來教育，「遜」一個字當之無愧。奇怪的是，我們班是考試考到自顧不暇了還是怎樣，我問其他同學的看法，她們的反應卻都只是抱怨訓導主任分貝太高，影響到她們的成績，這……好吧，算你心臟夠有力。

*

我的功課真是奇差無比，女魔頭可能擔心我拉低班級成績，竟跑去跟我爸告狀（她和我爸是同事）。好死不死，學校有個學生稱為「豬公」的數學老師正在熱熱鬧鬧推廣他私下成立的補習班，他竟然跟我爸說他可以免費讓我去補數學，這對我爸來說「正港」是天上掉下來的大禮物，就這樣我還被豬公安排在第一排的搖滾區，逢人就說某某老師的女兒也在我這補習。原來，我是免費的活廣告喔！

豬公老師的太太人稱「豬母」，每到要繳費的時候，就會眉飛色舞地爬到三樓收補習費，沒在誇張，那錢多到都滿出桌外了。繳完費的學生可以去樓下喝一碗甜品，我不用繳錢，但是豬母還是會讓我這活廣告到樓下和大家一起享用。同學有美食可享用，豬公豬母有大把銀子入帳，大家真是一片和樂融融。在這重要的時刻總好像缺少了點什麼？這時豬公便會拱出我們品學兼優又才華洋溢的溫同學為大家演奏貝多芬的〈給愛麗絲〉一曲。

演奏時，豬公不曉得是不是每天算數學算到變笨了，竟感動到流下男兒淚；豬母本來就有鼻過敏，這時鼻過敏加劇，屎淚齊發，激動到要我們起立鼓掌。實在是太誇張了，我當然知道這首曲子不簡單，但溫同學彈得實在是有點……抱歉，前奏彈得普普，中間真有難度的跳過不彈，尾部的下半音階糊成一團，到最後才又讓我們聽出是〈給愛麗絲〉。說起來就只有倒垃圾時大家熟悉的那一段彈得尚可，其餘的都是「假」的。豬公不忘提醒同學們要多多介紹別人來補習，強調不僅有得吃，還有高尚的音樂可欣賞，在這邊補習不僅可拉高分數還可陶冶性情真是一舉兩得，只差沒說還能讓他荷包滿滿。

我和溫同學本來就熟，但我們疲於應付考試所以都不知彼此會彈琴，爾後我們倆開始互相交換樂譜，她甚至還借我小奏鳴曲第二冊的錄音帶（我從來不知道原來樂譜也有出錄音帶）。聽了這些大師錄製的錄音帶，我從那刻起瞭解到，音樂並不是像個機器人一個音一個音能操作出來而已，這些大師竟然可以巧妙的把音符用不同的技巧和力道創造出不同的情境：有的跳耀如精靈，有的圓滑得像仙女在跳水上芭雷，也可以做成潺潺流水，甚至力度可以大到如洪水猛獸；可以柔可以跳，可以輕可以狂，可以像媽媽溫柔的手撫摸著你的頭髮，哄著你入睡，也可以蛻變成可愛的阿爾卑斯山少女快樂的徜徉在森林裡；可以有鳥叫有蟲鳴，有溪水流動的旋律，竟能用音符刻畫成一幅幅動人的詩篇。那些看起來冷冰冰又艱深的音符在這些名家的演奏下，活靈活現，好聽得不得了！

我像是哥倫布發現了新大陸一樣興奮，隔天就衝到音樂教室去買《小奏鳴曲》第二集。我不管他媽的數學考試了，我立馬埋首五線譜當中，我想彈出那種讓我自己很愉悅的歌，這個動力讓我克服了種種困難。我想要彈出音樂家那種如魚得水的感動，我的快樂已經大過於痛苦。

這卷錄音帶讓我認識了新的境界，我不再死板板的複製樂譜，我加入了自己的情感，我用自己的耳朵精進技巧，以前的洋娃娃之夢被我彈成是個跳不動的胖娃娃，如今，我要把她蛻變成 Ostin 作曲者要的那般靈巧可愛活潑的形象，讓她完全的脫胎換骨。我大澈大悟，原來這就是音樂神奇而令人著迷的地方，真是太可愛太迷人了。但這卷錄音帶終究還是要還溫同學，沒想到天助我也，溫同學說她媽媽說已經國二了，不准她聽音樂或再上鋼琴課了，她索性就把這捲錄音帶送給我。Yes，整個國中二年級我就在這卷錄音帶的帶領下，克服了好多小奏鳴曲應該要做到的一些技巧，我不是被動的學習而是主動的追求，我不求別人來欣賞我的進步，因為我只想感動自己，就像錄音帶的琴聲感動了我一樣。

*

補習完我常和溫同學一起並肩騎車回家，有一天突然從我們後面奔來一台蛇行的腳踏車，邊騎邊喊，「如子，這是我們老大黃××給妳的信，一定要看喔！」然後自以為酷的來個180度大轉彎——結果沒有轉好「碰」的一聲跌個狗吃屎。我們只覺得很恐怖，一股腦只知道加快腳步拚命的踩腳踏板，也沒心情關注那位同學的傷勢，等到和那男同學保持一段距離之後，才著實鬆了一口氣。等等，剛剛他口中的老大不是就是我國小一年級暗戀的鄉下班長嗎？鄉下班長何時淪為黑社會老大了，我有沒有聽錯啊？但是，這是我第一個暗戀的對象，我不可能忘記他的名字啊，小時候還很懊惱我們兩同姓氏不能結婚咧，他的確就叫黃××。

我把信封打開，先瞄了一下最後的署名「黃××」，一字不差，真的是我曾經愛慕過的班長。心中閃過一點快樂又遺憾的feel，快樂當然是不用說，遺憾的是——他的字怎麼這麼醜，錯字百出，情書的內容又很膚淺，大多是你很美啊、我愛你啊、可以約個時間見面嗎的超直白表白，虧他還曾經貴為班長，想想以前我的眼光真是太差了。

正在感嘆物換星移人面全非的時候，溫同學竟然一把搶過去看，看完直接往腦後一拋，跟我說「唉呦，這些人一看就是壞學生，我們最好不要跟他們有瓜葛，我幫你丟掉了，超噁的情書！」我頓時語塞，還頻頻點頭表示同意。我心中卻有一股氣；×的，這是我初戀情人給我的情書耶，要丟也不是你來決定的啊！況且沒人寫情書給妳就算了，還理所當然看了我的情書！心中的暴怒直到騎車回家狂練了幾首琴，才漸漸地消退。那時我真想一腳踹掉她的腳踏車，讓她也跟傳信的男同學一樣跌個狗吃屎，但始終我就是一個小孬孬，只能用彈琴來洩憤。

隔天一大清早揹著書包上學，有個長得不怎樣氣質也不好的男生，在窗台上大叫我的名字「如子，我是黃××，你有沒有收到我的信啊？」我遠遠的端詳他一番，沒錯，就是他，那兔寶寶式的門牙一樣沒變，阿長相怎麼變得這麼猥瑣，是發生什麼事了嗎？唉呦，我都不敢承認喜歡過這個人，情書被丟掉的憤怒立馬少了百分之八十。

過了一段時間我總算放下情書的事了，訓導主任又鬼吼鬼叫的用麥克風放送壞學生的名字，「黃××，記大過一支，晚上不好好待在家竟然跑到學校飲酒作樂，還用球棒砸毀教室玻璃，看我不把你的屁股打到開花不可！」看來他真的變成溫同學口中的壞孩子了。

九 理查・克萊德門

國二下大家都如火如荼的準備考試，月考、模擬考，越多考試我練越多鋼琴，也唯有在練琴的時候，才可以把不讀書合理化。

在接近期末的時候，學校突然要舉辦什麼才藝競賽，希望我們大家共襄盛舉，規定每班派出兩人才藝表演。哇！什麼時候我們這鄉下學校也要附庸風雅的辦起這種似乎只有大城市學校才會舉辦的活動了？女魔頭抱怨上頭不知民間疾苦，模擬考就快到了，這種無意義的活動實在只是擾民，說不准，會影響到她蟬聯許久屹立不搖的升學班第一名的寶座，況且同學參與的意願很低，畢竟大家不想一輩子就留在鄉下種田幹活，不是風吹就是日曬的，總覺得考上好高中就可以出人頭地，遠離農作這種又累又沒成就的工作。

因為父母都是老師，所以我從小就不用下田工作。有一次隔壁和我很要好的鄰居姊姊曾經問我要不要和他們一起去採四季豆，我只覺得很有趣，還興奮到睡不著覺，希望早一點去體驗悠閒的田園樂。果然沒讓我失望，凌晨四點半，不誇張，大姊姊就把我拖去田裡。那是一個超級冷的冬天，四處還是暗摸摸的，實在不懂怎麼採四季豆，腳下又一堆爛泥，連步伐都踩不穩。四季豆高高的懸在藤架上，必須上上下下的持續揮動自己的手臂採摘；手痠了不打緊，那四季豆在露水的侵襲下，像結了一層冰，幾乎讓我的手指快凍傷了。我問大姊姊，「欸，幹嘛這麼早來採啊，不會等天色亮一點再採喔？」大姊姊說「厚，你真的太天真了，四季豆就是要在太陽出來前採下來才能賣好價錢啊。」這答案我始終不知道對不對，但著實讓我上了一課，什麼田園樂啊，都只是我想像出來的，這才了解為何同學這麼在意成績了。

在同學不安好心的鼓吹下（她們都想用功念書），我和另一位扎扎實實學了N年的富家千金同學被選為代表，女魔頭還不忘交代我們便宜行事就好，不用太認真。這次代表我們班參賽的背景和國小擔任伴奏的情形簡直天差地遠，一個是沒人要的燙手山芋，另一個是大家擠破頭要搶的頭銜，想想真命苦，我也想考到好高中啊，同學們真的是太奸詐了。

我選了一首很「俗」的歌〈少女的祈禱〉，而富家女選了一首冷門的〈巴哈：二聲部創意曲〉（J.S Bach: Invention）。我心想，聽都沒聽過，又很饒舌；呵，假鬼假怪的！裝清高。我的曲子可是街頭巷尾都聽過的名曲，連隔壁沒讀過書的阿伯都聽過的耶，照這樣看來，我必會勝出。正在得意之餘，一位隔壁班的男生突兀地穿著燕尾服出現在台上，鄉下學生少見多怪，紛紛發出噓聲，我心裡也嗤笑，最好你彈的曲子和你的燕尾服一樣，華而不實啦。

沒想到他彈出的旋律深得人心。他彈的是一首〈夢中的婚禮〉。天啊，比我的少女祈禱更讓人印象深刻，那男生誇張地擺動他的頭，聳著他的肩，仰起他的頭甚至還一度自我陶醉到翻了個白眼，好像被自己的彈奏感動到要昏厥。其實我才被他誇張的動作搞到想笑，但我不得不承認，這首歌就是我夢寐以求想要彈的曲子，只可惜那時我不知道這譜要去哪裡買，作者又叫什麼名字，我知道我輸給了這麼好聽的曲子了，但我知道我一定贏富家女，聽那啥叮叮咚咚又沒啥感情的歌曲，成績一定是墊背的吧。

成績一公布，我有點訝異，第一名是富家女，我竟然是第二名，假掰男第三名。那時我始終不解為何那麼好聽的〈夢中的婚禮〉不是第一名，為何那枯燥的創意曲卻是第一名？真的覺得裁判很瞎。比賽結束後，我把演出曲單拿來仔細研究，原來假掰男的曲目是一個叫做理查．克萊德門的鋼琴家彈的，我又衝到音樂教室指名要這本書，順便也買了那叫啥巴哈創意曲的樂譜，也不管模擬考在即，一定要練好這首這麼好聽的神曲，順便也摸一下創意曲。

之後我便明白了，理查的音樂雖然好聽，但以技巧來講，創意曲真的太有深度了，也在摸索創意曲時，我領略到了什麼叫做「賦格」，難怪富家女會是第一名。但在我那年紀，我不想好好練艱深的創意曲，我只想克服理查克萊德門的神曲。真要感謝那位假掰男，原來這麼優美的旋律就藏在這本藍色封面，上有理查．克萊德門站在一台原木色巴洛克鋼琴前合照的書中，這就是我好幾年來尋尋覓覓的樂譜，也不枉我撥出讀書時間去參加才藝比賽了。更幸運的是，樂譜裡面裡面還放了好幾張理查的生活照，原來他還是位金髮碧眼的大帥哥咧，這就更激起我一定要把〈夢中的婚禮〉練起來的動力。

研究了幾首理查的作品，發現他的曲子通常開頭都不難，中間卻常會夾雜一段炫技的部分，以至於我都只能彈頭尾，中間最動聽的部分我都只能跳過，真的是一大挫敗，令我很懊惱。正想著該如何克服時，國小大姐頭琪琪來了一通電話，說找到了村子的一位姓林的鋼琴老師，問我要不要一起去學。

超幸運的是，村裡的這位男老師也認識我爸（村子真的太小了吧）。林老師看了我的程度之後，頻頻打電話給我爸，誇讚我是可教之才，雖然我爸很不看好我，覺得我又浪費錢了，好在爸又在人情壓力下答應了。但是林老師不肯直接指導我〈夢中的婚禮〉，而只是盯著我練音階、琶音、半音階等技巧性的東西，真是枯燥。過不了多久，女魔頭就去告狀了，我爸剛好就趁這機會，再度把我的鋼琴課停掉了。

這樣算一算，我在林老師那邊學琴大約不到四個月，再加上學費有打折，應該是花不到萬元。但是我真的很感激林老師，雖然只有短短的四個月，他讓我了解到基本工的重要，雖然他一直拒絕教我夢寐以求的神曲，但也因為他持續督促我練音階和琶音這些很扎實的技巧，我後來才能克服〈夢中的婚禮〉裡那一大串的琶音。

*

國二到國三這一年，考試越來越多，我的成績愈差，就練愈多的琴來逃避，不只是因為想彈出〈夢中的婚禮〉，另一個原因是想藉彈琴來克服我對黑暗的恐懼。

不知是不是我小時候看了一部叫做《天眼》的戲劇，有點類似現在的《玫瑰瞳鈴眼》，裡面可怕的犯罪殺人血腥的劇情再加上那令人毛骨悚然的配樂，導致我很怕黑。記得有一天我鼓起勇氣問爸爸晚上可否早點回家陪我，他竟然說：「生你們女孩真是沒用，可怕的不是鬼，人心才是最可怕的，所以我更要訓練你不能怕黑！」我還在想，那是要怎麼訓練不怕黑啊，結果他的訓練方式竟然是更晚回來——本來是晚上十一點回家的，為了「訓練」我，變成晚上十二點後才回家。

呵呵，這種逆向操作的訓練方式真是令我傻眼，不只一點幫助都沒有，還要被批沒用。從那時候我就了解，我再怎麼害怕，都要自己承擔。往後我便打死也不願意在我爸面前示弱，更知道不能倚靠他給我安全感，對他的信任感甚至降到零。我暗自在心中對他打了一個X，我發誓日後若為人母，我一定要盡可能地給我的小孩安全感，更不會在孩子徬徨無助的時候還用酸言酸語去嘲笑他的弱點，踐踏他的尊嚴。

還好，又是託親戚人情壓力的福；親戚家的母狗一口氣生了七隻小狗仔，好說歹說地請我爸撿幾隻回家養，以便減輕他們的困擾，爸又勉為其難地讓我養了兩隻狗，寶寶和小豬。天一黑，我就會強行把牠們抱到屋裡陪我讀書彈琴。牠們不喜歡待在屋內，所以每每都要在院子裡進行一番追逐遊戲，把牠們追趕到牆角動彈不得時才可以抓進屋來陪我，讓我感覺自己不是孤單的一人，至少，有陌生人進來我家院子的時候，牠們會狂叫讓我提早警覺。雖然我知道寶寶和小豬和我一樣是小孬孬，但總是讓我安心了點。就這樣，我倚賴著兩隻狗陪我度過漫漫黑夜，等到爸爸半夜十二點回家時才肯放牠們出去。不知道是不是因為我和狗狗有著革命情感，我到現在都還是很倚賴狗兒，覺得牠們就是我生命中不可或缺的一塊。

10 屏女生涯的伴奏訓練

儘管我的功課實在不值一提，但我還是順利地上了屏東的第一女中，更神奇的是我還通過屏女的校內考試，被編到最優秀的一班，真是跌破眼鏡。

屏女的校風很保守，我們校長每天都穿著旗袍，溫柔的在校門口迎接我們，集會時永遠絮絮叨叨的報告在她英明的帶領下，我們學校升學率已經衝到多高多高，總是要我們為校爭光，再創佳績等等之類的話。讓我有種不祥的預感，我預測未來可能有更多大大小小考不完的試了。果然，校長取消了我們第一年的暑假，讓我原本對考上高中後多采多姿的幻想瞬間破滅。

我們學校風景優美，以種植多種樹木為榮，所以有「叢林學校」之稱，我剛開始還聽錯聽成「醜女學校」咧，差點被同學槌死，但後來我卻真的覺得在學校裡真有點像被關在動物園裡，經馴獸師不斷鞭策不斷被打分數的猴子。

我們高一時還是要上音樂課，音樂老師和我想像的完全不同，是個高高瘦瘦，長得像根竹竿，頭髮微禿的中年大叔，我們叫他老頭子。聽說他是學校裡最資深的音樂老師，教學經驗豐富，所以校長還特別安排給我們這「菁英班」，想必可以讓我們獲益良多。

第一節音樂課在他簡短的自我介紹之後，突然話鋒一轉，開始聊起了他那優秀女兒的事蹟：「你們知道嗎，我女兒是讀高雄的某某高中音樂班的，她可比你們屏東的強多了，不只功課好，在音樂上又遺傳到我，不只會彈琴，又會吹長笛……，你們知道嗎，因為她在音樂上太有才華了，所以我必須一直更新她的長笛，你們猜，她現在吹的長笛值多少錢？」

同學有人回答三萬，有人說十萬。老頭子說：「就知道你們見識淺薄，說出來會嚇死你們，是一百萬耶，你們能想像嗎？就因為我女兒實在太優秀了，我和他媽兩人拚了全力也要好好栽培她，才不至於埋沒了她的才華，唉，我本來想提早退休的，還是先繼續賺錢好了……啊，剩下不到十分鐘，我們練一下發聲好了。」

第一堂課就被那支一百萬的長笛價錢震攝住。我的老天啊，難怪爸爸不想讓我學音樂，怎麼要投資這麼多錢啊，太可怕了。第二堂課依樣畫葫蘆，還是在繼續吹噓她女兒的豐功偉業，包括比賽第幾名、老師多稱許他女兒之類的，到最後我也不知道上的是吹牛課還是音樂課了，只記得有發音練習而已。老頭子女兒豐功偉業似乎也沒有太多，後來就在一、二項功績中兜兜轉轉，形成了鬼打牆。這也不錯，因為我們心中的默契就是，攤開手掌心的英文單字，準備明天的小考，反正老頭子女兒得好，並不在考試範圍內，就當多了一堂自修課。

終於有一天老頭子良心發現了，要我們練一首歌，喔，原來是方便他打第一次段考成績，方法就是考試時一個一個上去清唱。於是他開始認真一句一句的教唱〈問鶯燕〉，這時我才見識到他彈琴的真功夫，原來真不是蓋的，「楊柳絲絲綠，桃花點點紅……」要我們一遍遍反覆地唱，直到背起來為止。

正當我和同學互相練習背誦歌詞的時候，老頭子突然看了看手錶，神色緊張地交代班長維持秩序，叫我們繼續練唱，然後便拿著迷你收音機消失在校園的叢林中。我們這群乖寶寶只顧埋頭苦幹背著歌詞，大家都只想趕快利用音樂課背好歌詞，可不想回家後再多花時間準備音樂考試，畢竟音樂成績再怎麼好也無助於聯考，所以也沒人對這種怪現象提出異議。這怪異的現象竟然持續了好一陣子，直到要考清唱那一天，老頭子才安安分分地坐在教室替我們打成績，完成了他必須盡的義務。

某一天，老頭子又看看手錶，再次交代班長維持秩序，拿著他的寶貝收音機，一如往常又消失在叢林中，一直到下課鐘聲響了才氣喘如牛地奔回教室。感覺好像在趕啥場的，上氣不接下氣的丟下一句：「你們班上有誰學過鋼琴的舉手，」我們有五位同學傻傻地舉起了手。

老頭子說：「好，下次音樂課都給我過來，現在下課。」完成了起立敬禮謝謝老師的儀式後，我們五個聚在一起討論老頭子不會是想收我們當學生賺個外快吧，那可真的是想錢想瘋了。A說：「難道是為了栽培他女兒拿我們開刀嗎？況且學琴很貴又浪費時間耶，」

B說：「我爸媽才剛停掉我的鋼琴課耶，說要以聯考為重。」

我說：「我是想學但沒錢啦，除非他願意免費教我，」我們稀哩嘩啦地推演了好一段時間，花了好一番功夫討論如何拒絕老師的美意。

下次音樂課來了。老頭子劈頭就說：「上次舉手那五個同學到台上來，過來站在我的旁邊看我彈琴，其他同學自修。」我們五個像犯了錯的小孩一般，以簌簌的小碎步移動到鋼琴邊，看老師彈他常彈的發聲練習伴奏：「do mi sol mi do，re fa la fa re，mi sol si sol mi……以此類推懂嗎！就像我平常讓妳們練發聲練習的那樣就可以了，懂嗎？」（×的，口氣還相當差，好像我們欠他錢。）

我們五個面面相覷，內心狂喊：什麼就可以了，不懂你要幹嘛啦。老頭子說：「下週，就下一週，你們五個要把這些練會，然後每週輪流帶全班練唱懂嗎？」天啊，現在不是要我們當他學生，是要我們擔任教職了嗎？很扯耶！

五個人下課後又聚在一起跺腳，D說：「剛剛老頭子彈好快在幹嘛呀，我都看不懂，又是黑鍵又是白鍵的我沒學那麼深啦。」E說：「阿就每次都升個半音啦，好啦，大家回去趕快練，不然開天窗就不好了。」

我想我真的是太老實了。一回家立即衝到魯賓遜上開始苦練。真的有夠難，難到我還自己發明了一首打油詩，口中唸唸有詞的：第一個和弦全白，第二個和弦中白，第三個和弦中黑，……還寫了小紙條幫助我記憶咧，燒腦到幾乎忘了最近有大考，只想趕快把這棘手的工作盡速完成。

很快的，又到了下一週的音樂課。令我傻眼的是，其他四個同學都沒練，她們都在準備大考，我又被莊孝為了。老頭子露出不滿意但尚可接受的表情，宣布以後全班一上課就要練十分鐘的發聲練習，而我就是伴奏的人。哇靠，真想大叫，不要太器重我好嗎！還記得有一次，發聲練習十分鐘後，老師還是不見蹤影，我也彈累了，索性跑到叢林裡去尋找老頭子，原來他躲在樹林中聽股票，我喊他，他還比手畫腳指示我再帶發聲十分鐘。我像個奴僕又跑回教室，再帶個十分鐘，不只同學不耐煩了，我也很煩。就這樣我被支使來支使去的來來回回幾次，終於到最後幾分鐘，老師才面帶笑容地出現在教室，表示同學表現得都不錯，呵。我想他應該是賺了不少吧，又可以幫她女兒的長笛汰舊換新了吧。

＊

我已經仁至義盡，每週帶音樂發聲練習十分鐘了，老頭子卻又變本加厲要我再撐伴奏曲目，再次把他的快樂建築在我的痛苦上。他交代我下禮拜再幫他伴奏那首〈問鶯燕〉：「楊柳絲絲綠，桃花點點紅……」我的老天鵝，那超難的耶，是要整死我嗎，難道我不想考好大學嗎？難道是我在賺鐘點費嗎？真是有苦說不出。就這樣一週內我又得生出這首歌了。

這些歌的伴奏都必須有很深厚的基礎功，還好托之前林老師的福，硬要我練音階、琶音，否則我是彈不出來的。回到家，我必須挪出讀書的時間來練琴，甚至練到三更半夜，還好我家地大，沒有影響到鄰居。哼，如果不是我當年笨笨的，我老早就通報教育局，開除這不適任老師了。

點名花個十分鐘，發聲練習十分鐘，〈問鶯燕〉、〈紅豆詞〉、〈滿江紅〉、〈追尋〉再撐個二十分，很難撐耶。眼看著再五分鐘就可以脫離苦海了，說時遲那時快，總是穿著旗袍的女校長探出頭來，竟問我老師在哪裡啊。我總不能說他躲在樹林間聽股海波動吧。一時答不出來，我竟胡扯他去上洗手間了，真是嚇死寶寶惹，反正樹林那頭真的正好有一間男廁呢！老頭子差不多也在那個方位（女校的男廁著實不多），校長還真的往那邊找去了。下課鐘響，老頭子才慌張地冒出來叫我們下課，哈哈，下次看你還敢不敢摸魚，只會聽股票，叫我這傻逼在這邊疲勞，終於被校長發現了吧，等著看你好戲。

沒想到，下一堂音樂課，老頭子不僅沒悔改，還叫我下一週再練出什麼〈天倫歌〉的，我請他讓賢，他竟然還說，就你就好了。我看他是找不到可以欺壓的老百姓吧，只會找我開刀，不知道其他班級有沒有和我同等待遇的可憐小老百姓，下次找別班問一下，看有誰和我同等的遭遇，想找她們聯合起來罷工。

嗯，待我看來：〈天倫歌〉歌詞：「人皆有父，翳我獨無，人皆有母，翳我獨無……」什麼，我也沒有母親啊，又不是只有你沒有。我是有父親沒錯，但我寧願是個孤兒啦，讓你這作詞者嚐嚐每天被自己父親說生女生毫無路用，又長得醜以後會嫁不掉，種種貶低你的言論，看你還敢不敢在那邊哭父哭母的。……心不甘情不願地練完這首歌，又是一週過去了。我幫老頭子免費帶了好幾堂課，我真後悔沒有跟他要個嘉獎之類的。

就這樣老頭子忙著玩他的股票，我忙著練他交代的功課。我高一時就練就一身高中音樂課老師應該伴奏的曲目，加上校歌和軍歌練唱伴奏，至少也有十五首以上的大曲子了。老頭子還說我賺到了，他一堂課外面收一千五百元，講得好像我應該要給他個束脩之類的吧。

雖然沒有專門鋼琴老師規定作業，但也跟上鋼琴課一樣被逼著彈琴，差別在於，音樂課的這些歌都不是我喜歡的。好吧，現在回想起來，也是有助於我不要荒廢了琴藝吧，畢竟這些伴奏曲目必須運用大量的琶音、震音、和弦，也是學到不少技巧。到了學期末，老頭子意識到總不能一直唱歌吧，竟然開始寫黑板了，說要懂樂理。真好，我就不用彈琴了。他抄完黑板說期末就考這些試題，我一看，傻眼，要全班背全部的調性，好一個可惡的摸魚法，我們班上五個學過音樂的還都不是很明白如何判斷調性，竟然完全不教大家解法，就直接就要筆試。

全班同學只能悶著頭背，一個升記號是G大調，二個升記號是D大調……又要判斷小調四個升記號是E大調不然就是C升小調……全班陷入低潮。這怎麼可能一週背好，背好了大家還是不了解啊，當我們在愁雲慘霧的時候，老頭子也不惶多讓，眉頭皺得緊緊的，臉色很差。我想我這麼辛苦幫你伴奏還臭臉是怎樣，想想，最近好像新聞說很多婆婆媽媽股票輸到沒錢沒心情替孩子煮飯，還得憂鬱症，難道是……呵呵，我心裡在歡呼，活該。

其實長大後，學了不少的樂理，我真心地認為，樂理不能只是用背的，是真的要體會，而且要多少聽一些曲子，你才能懂得為何要讀這些樂理，否則都只是應付考試而已。也許升學主義掛帥的時空背景下，音樂老師總是不被特別尊重，所以才會如此惡性循環；也或許是公立學校的關係，老老師通常會混水摸魚，也許是我偏見，但我確實是遇到不少。慶幸的是我也遇過很多剛畢業充滿熱血的老師，教學都是很熱忱的，有時上課道具帶了一堆，如幻燈片或地球儀等，真心希望我們充分了解，但希望他們不要為了衝升學率，到資深一點的時候又彈性疲乏而流於形式。

11 深入樂理新世界

經過了高中音樂課不停練琴的轟炸，我看譜速度快了，技巧也進步不少。我再把以前喜歡的曲子重新詮釋，感覺並不那麼艱深，甚至更得心應手。我又在也是和我相當程度的B同學身上得到驗證，怎麼說呢，因為同一首徹爾尼的練習曲，我們兩人彈起來就是完全不同的感覺。

我很訝異會有人這麼詮釋這首歌，B同學彈奏時，肩膀僵硬，眉頭深鎖，好像掏盡了所有身上的力氣咬牙切齒的彈；但我卻絲毫沒有被她呈現的音樂感動，反而全身不舒服，不僅是她繃緊神經，我也感覺到好像有很沉重的鉛塊壓在心頭似的。這首不是明明很輕快的嗎，難道是我理解錯誤，我看著她好像快要折斷的手筋，越來越緊的眉頭，脖子也快爆出青筋了。完成了這首曲子後，我和她突然都鬆了一口氣，原來我剛剛都憋著呼吸啊，然後只能很尷尬的說：「你好棒喔，超級無敵認真彈的，畢竟，認真的女人最美麗啊，哈哈……」

B讓自己快斷掉的手休息了片刻，主動提議要彈〈洋娃娃之夢〉。搖籃曲那邊聽起來煞是舒服，下一段洋娃娃開始作夢時，開始有種要進入噩夢的感覺；再來洋娃娃開始跳舞的那段，我總覺得像是隻胖娃娃在跳舞，甚至像是一隻大象在跳超級笨重的舞蹈；到最後速度最快的那一段，簡直是硬彈，樂曲幾乎崩解潰散，聽了好累，感覺回家要收驚一下。那一刻，我終於知道音樂和噪音的區別了。

我重新把《徹爾尼》每一首重練，我想去推敲《徹爾尼》每一首練習曲要帶給我們的啟示，或是它想要我們做到何種音色才是最漂亮的，而不是猛地把曲子衝完就算達標。要注意是要優美抑或是雀躍輕快又或是機動靈敏。再把《布爾格米勒》每一首的故事性理解一番，像是說故事一樣用琴聲娓娓道來，希望流水能夠潺潺綿綿，少女能青春洋溢，聖母頌能溫暖且堅定。

當我再完整的詮釋一些比較耳熟能詳的歌曲〈夢中的婚禮〉、〈給愛麗絲〉、〈少女的祈禱〉，事情卻有了轉折。我爸好像注意到我這個人的存在了，他竟然用一種好似人不可貌相的口氣跟我說：「欸，你會彈〈夢中的婚禮〉耶，怎麼這麼厲害。」我的老天爺，這麼多年來我練了那麼超級無敵多的曲子，都不是曲子嗎，你應該只是家裡的過客吧，寶寶和小豬兩隻狗兒聽到的都比你還多。

從他發現我會彈〈夢中的婚禮〉之後，爸好像對我有點改觀了，竟然會跟親戚誇我會彈這首神曲，朋友來也指定要我彈這首歌，好像世界上只有這首才算是音樂。當我練別首的時候，他還會說這首又不好聽這麼不上道的話。這時我突然萌生了一個主意。趁勢我跟我爸說：「我還可以再彈理查更好聽的歌給你聽喔，但前提是我想再學琴。」沒想到理查魅力無法擋，爸竟然開口答應了，真的很合乎他喜歡錦上添花的個性。這是我自己爭取到的機會，而不是像以往都是看在人情分上，我格外的珍惜，感謝理查大帥哥。

不知道是我程度太好，還是鄉下師資太缺，連續幫我安排的兩位老師都以為我是初學，也可能是安排的老師都教學經驗不足，後來就都逃之夭夭了，等於我白繳了兩堂課的學費，櫃檯還要為了我去聘一位比較專業的老師。新來的老師是個長頭髮個子高高氣質很好的女生，聽說從台南家專音樂系畢業的，老師的媽媽非常保護她，都會開著賓士車接送老師上下課，一看就是有錢人家。看到這種景象再對照我們住的破房子，家裡也只有一台摩托車，也難怪我爸說我們學不起鋼琴。櫃台說這是特聘來的老師所以要收高級程度的費用，一聽，我說我不學了，櫃檯才好說歹說的算我中等程度的費用 2800 一個月，勉強可以接受。

我跟這位仙女老師學到高二下學期，整整一年，實在是收穫滿滿。仙女老師幫我添購了《巴哈創意曲》、《貝多芬奏鳴曲》、《蕭邦夜曲》、《巴洛克鋼琴曲》……等等，還有一些樂理書。

鄉下教室沒這些書，仙女還必須到別的地方調書。這些曲子帶領我到另外一個音樂的世界，沒有耳熟能詳的名曲，沒有李查那種一聽就可以討大家喜歡的旋律，但是透過彈奏每一個不同時代的作曲家，彷彿就置身於那個時空背景，可以嗅到每個作曲家創作背後的心情和動機。是音樂家創造了歷史或是歷史造就了作曲家，簡直是分不清楚了，好像是雞生蛋、蛋生雞永遠解釋不了的因果。每個作品不能只有技巧性的表現，還要呈現出作者本身的性格，和想表達的情緒。我了解到為何那個時代會衍生出這些作品，而這些作品都對下一代的音樂和藝術產生連結，綿密的環環相扣，甚至影響到後代的藝術創作。

我也開始接觸樂理，這些都是以前的鋼琴老師不曾教我的。我對這些深奧的曲子又愛又怕，還好太多的愛戰勝了害怕，為了我的愛，我願意苦；我愛她，我願意撥出時間去研究她，只要學會她，我就更崇拜她。我願意為了每個時代的風格去重新型塑我原本對她的理解，就像是巴洛克不可以放過多個人的情感，我就去收斂。浪漫樂派要有豐富的情緒，我願意用耳朵深入的感受，並不是一味的以自我為中心。以前不喜歡沉悶緩慢的音樂，那時才知道那蘊含多麼深沉的魔力，像喚醒深層的靈魂，能傾聽自己內心的聲音；了解綑綁後掙脫的解放，沉澱成人類純淨的那片寧靜心海，洗滌了塵封的假面外殼。

現在回想那時每週仙女老師出的功課，相比我現在出給學生的功課，那時真可用海量來形容。仙女可以在二週內要我把〈貝多芬鋼琴奏鳴曲〉第一號和第五號彈完，我也不知那時是怎樣度過的，只知道要把 CP 值拉到最高，飢渴地還想彈其他作曲家的作品。

有一天，仙女建議我去考音樂系，我也真的很想，但必須要再多一個副修，那就代表還要再多花錢。果然馬上又被我爸打槍，那時已接近聯考，既然考音樂系之路不通，那還是好好拚聯考吧。我在高二下的時候放棄了鋼琴課，開始準備聯考。但我知道我一定考不上什麼好學校，因為我的數理真的很差。結算一下高中學琴的學費 2800×10=28000+2000（粗估書本費），國小江老師學費〇元，高中老頭子音樂課魔鬼密集訓練營〇元，大約抓三萬元吧。實在低到不能再低了。

＊

果真，我考上普通的私立大學，彈琴變成我的興趣；但只要遇到好的作品，我會不辭辛勞的克服，那是很純粹的愛，沒有壓力，也沒有逼迫，也不用配合或討好任何人，就是彈我所愛。

其實考上私校讓我覺得不太光彩，偶爾我心裡會冒出怪罪爸爸的念頭，因為爸爸的吝嗇再加上性別歧視種種，讓我的求學路程雖然衣食無虞，卻充滿了許多不安全感。這說來很抽象，具體一點的是，為了省錢，我家的大門是爸爸用做鴿子鐵籠剩下的鐵線徒手做的，然後再用養蘭花的網子包覆起來阻擋蚊子，以至於陌生人可以從外面一覽無遺的往家裡面看，若是有心人士，只要用工具施力就可以輕鬆撬開了。有幾個很黑的夜晚，我爸的狐群狗黨會自己走到我讀書的鐵窗前跟我說哈囉，我差點沒真的跳起來，這中年大叔還一臉猥瑣樣地說：「被我嚇到喔，要不要吃我的口水啊，可以收驚喔，哈哈！」噁心感一陣襲來，那次之後，我不再限制寶寶和小豬一定要陪我念書彈琴，在睡前我會把牠們放到院子裡，至少會吠個幾聲好提醒我。

慶幸的是，二樓的臥室至少有道喇叭鎖，入睡的時候可以稍稍安心，但這令我安心的假象，有一天竟然被我表弟打破。有一天不知道在打什麼賭，表弟說只要給他五分鐘就可以打開我臥室的門，我不相信，賭了十元。正在得意穩贏的時候，不到三分鐘，我的門就被他用十元硬幣轉開了。從那一天開始，我不僅讀書不安心，連睡覺都很害怕，我在床邊準備了一把剪刀和一根竹竿，衡量著我要用什麼角度撐竿跳而不至於死掉，如果還是不行的話就拿剪刀和歹徒一決生死。

而我家馬路對面正是一個賣檳榔的攤子，到了深夜都會聚集一群飆車完沒事幹的小流氓來買香菸或檳榔。我不只怕這些小夥子發現我家大門的秘密，更害怕那些和我爸往來的狐群狗黨藉口找我爸進到我家。我不免還會想到我可能會遭遇強暴的慘事，雖然我不是美若天仙，但畢竟是個年輕的女孩子吧！我將我的恐懼再次跟爸說，一如以往，果然爸爸又把我臭罵一頓，說鄉下治安很好、村子的人都很善良怎可能做這種事，還說我怎麼把別人想成這麼邪惡，然後又是不了了之。再一次，我知道，這一輩子不可能從我爸身上得到什麼安全感，只能報喜不能報憂，而且要儘量和他保持距離才不會再受到怒罵或嘲諷。

那時的我因為缺乏安全感，常常躺在床上翻來覆去到清晨才睡著，又得早起趕六點四十分的專車，每天沒睡飽就得應付一大堆的考試。這真的是一段苦不堪言的過去。

12 發現爵士鋼琴

大學來到台北，視野雖變廣了，但我內心裡還是有一種很深的自卑感，自卑我考上私立大學，自卑我是鄉下孩子，甚至自卑到自認為沒有資格穿一件超過三百元的衣服，只配擁有士林夜市的地攤貨。那時候的 HANG TEN、GIORDANO，在我眼裡甚至就是「名牌」了，只能看不能買，因為我始終覺得我爸爸「快破產了」。其實後來經由親戚透露才知道，我祖父是名大地主，我外公才因此逼我母親嫁給爸爸，所以其實我爸很有錢。

大學的山腳下就是天母，那時候覺得那是一個很厲害的地方，印象最深刻的是那條中山北路兩旁種的欒樹，到了秋天的時候，開出南部鮮少看到的欒樹花，好像是橘色又好像是桃紅色，配上兩旁很異國風的餐廳，真的是高級到不像是我們這種貧困家庭可以來的，總覺得住在那邊的都是富翁。

在大學的時候住在士林區的中山北路五段的小宿舍，記得我的房間不到兩坪，月租一個月兩千六百元，所以我常警惕自己絕對不能跨越福林橋到中山北路六段或七段那邊購物，感覺那邊的物價一定極貴。只有一次例外，大學聚餐，學妹提議要到天母去吃雙聖冰淇淋，才破例去到天母消費。一杯聖代就要百元以上，真是嚇死寶寶惹，心想我去麥當勞點的冰淇淋也才二十五元，那一餐花得心在淌血。那時覺得住在福林橋以北都是值得仰望的人，但讓我自己跌破眼鏡的是，我後來竟然嫁到天母，當了天龍國的一員，現在回想，當初怎麼會有這種印象，真的好好笑。其實住天母不錯的優勢就是，同是喧囂且步調快速的台北市，在這塊寶地上卻可以享有田園般的悠閒，而且距離市中心也不會太遠，鬧中取靜。要看國際級的表演、藝術，半個鐘頭內都可以到達，想取得最新的資訊都非常的方便，一句話，動靜皆宜，但不可否認的，物價確實是稍貴。

大學時期，視野漸開闊，接觸的音樂也更多，李宗盛、羅大佑、小蟲，……華人的音樂人有了很多創作歌曲的突破，連音樂旋律也不可同日而語，我又受到一小番的衝擊。雖然我還是覺得古典音樂才是最深入人內在心靈的甘泉，但也不否認這些新的音樂創作者正在顛覆我以前對國語歌的刻板印象；甚至林強的台語歌，讓我覺得華人音樂真的開始蛻變，從一隻醜醜的毛毛蟲變成了展翅高飛的美麗蝴蝶，不只美麗，還蘊藏著我們自有文化的內部力量。用本土的語言創作出來的作品是外國用再好的旋律包裝也達不到的境界，是在這片土地生活的人，擁有共同的歷史軌跡和共同的生活經驗才可以感受、可以內化的力量，每句歌詞都寫出我們曾共同品嘗的歲月，甚至可以凝結成一種力量，創造出我們時代的火花。

我慢慢地愛上國語流行音樂了。我想找出這些流行音樂的樂譜，無奈，這些樂譜的呈現方式都不是古典樂曲的五線譜，右手用簡譜呈現，左手是在簡譜上用和弦呈現。只要理解作者的想要用的和絃就可以用自己的方式來詮釋曲目，不只需要技巧還需要發揮自己的創意，所以每個人都可以用自己想要的方式用不同的手法幫原曲點綴成另一個版本，這考驗一個人的編曲手法，完全沒有固定的模式，這和我之前被老師教育一定要準確無誤地演奏出古人想要表達的心情，也不能太自由發揮即興，截然不同。

那時的我找遍了士林的音樂教室，都不得其門而入，每次安排的都是純古典老師，並不是我想學的即興爵士。後來，教室安排了一個非音樂系的老師，這老師的古典技巧其實還亞於我，但是他卻能教我一些我百思不得其解的和弦（現在想起來，其實是很簡單），讓我解開那些和弦代表的意義，還有如何做出曲子不同伴奏的基本功。我學得很快，老師已經沒有更多的可以教我了。我才剛萌芽的初心，又苦於找不到合適的老師以至於一直原地踏步。

*

有一天在報紙上找打工的資訊時，看到一則廣告，「爵士鋼琴」，我不是很懂那在教什麼，在好奇心的驅使下，我打了電話過去詢問，對方報價三萬六千元／三十六堂，（其中十堂是團體樂理，不是真正上課）還硬性規定一次要連上兩堂，除下來，每去一趟就要花費約兩千元，直覺遇到詐騙。對方說可以去參觀他教學，我還真的去了。不去還好，一去就被那奇妙的爵士樂吸引住，那是我從未接觸過的一種很奇妙的音樂，不是很深層的旋律，但帶有一點慵懶又偏美式風格的奇妙音樂，我聽過，但不知有這種教學法（在那時的台灣古典是主流）。於是我以打工加上爸爸給我的零用錢湊到三萬六，便開始了我的奇妙旅程。

胡老師發下的譜都只有右手的旋律，左手是沒譜的，老師用鉛筆隨意寫下她想做的伴奏。我常反問胡老師為何你知道要這樣編呢？胡老師其實也說不出太多的所以然，但她的確教我不少藍調的基本概念，現在回想我和其他專研古典音樂的老師最大的差別是，我可以把原曲編製成不同的風味，我可以隨興創造出我想要的音樂背景，這就是我在胡老師那得到的收獲。

我記得後來教室裡音樂系的老師想和我學即興，但幾乎每個都無法忍受沒有左手的譜，一直反問我為何不直接寫譜出來。我很想反問，你不是就是要學即興伴奏嗎？寫出譜就不是即興了。正統音樂系的老師好像受了很深的古典制約，一下就投降了，然後還會對爵士流行音樂嗤之以鼻，拿「這不是主流」的說詞來閃避；反而沒有被五線譜綁住的學生，沒有任何束縛枷鎖，更容易做出屬於自己的版本，只是礙於個人的技巧性不足，演奏起來不夠流暢。但我想那其實是可以克服的，畢竟現在電腦這麼發達，他們的創意是可透過電腦來幫助的。我記得有位成人學生跟我說，「老師，你只要說怎麼編曲，不用教我基本技巧，我編好了會請電腦彈奏。」對於這一點，本來我有點持反對意見，但在想想，也許是我太古板了，畢竟現在是創意的時代，誰說技巧好才一定是正道呢。

另外我遇到一種普遍的現象就是，會教爵士流行的老師，彈得一手好即興，但他們通常沒有夠深的理論基礎，他們最厲害的是耳朵，所以比較沒有方法去教學。另一種老師是說了滿口深奧的爵士理論，但因為技巧不足而沒辦法示範，只能空泛的請學生自己發揮想像力。我想如果真的遇上技巧和理論都兼具的老師，那真的是上輩子修來的福（至少我那年代是如此）。

*

大學三年並沒有好好的學習俄文，倒是聽了很多俄國民謠，那種北方神秘的曲調，給人很多想像的空間，透過俄羅斯異國的樂器配上奇妙的語言，就能讓自己彷彿穿著俄羅斯傳統服裝置身於廣大的草原跳舞；或是像坐著大火車蜿蜒在滿是白樺樹林間的西伯利亞大地，低沉的男低音像是代表俄羅斯戰鬥民族的靈魂，高亢的女聲，唱出願意等待愛人從戰場上光榮歸來的歌詞，我的腦海裡就會浮現出老電影《齊瓦哥醫生》的影像，在冰雪裡穿著皮靴，帶頂黑絨絨的毛皮帽，加上冒著煙的火車，騁馳在白茫茫的西伯利亞大平原。

有時緩慢的節奏會隨著民族情感或男女之間的曖昧情愫越來越快、越來越快，神秘且帶著調皮、微微邪意的舞曲不停旋轉、接近極限，轉到極致的高峰，然後在最高的一點爆炸性的結束，好像釋放了所有的熱情才能罷休。我願意為了這些民族歌曲一個字一個字的去查閱俄文字典，我想知道這些孕育著神奇魔力的旋律到底是在訴說什麼，反而不太想去背那些俄文的格式，所以成績也都是低空飛過。

更大的收穫是我在大學有更多的時間研究以前我搞不懂的即興和藍調樂理，我會到處尋覓更好的老師，可惜的是厲害的老師彈得再厲害，也說不出個教學的方針，讓我白花很多學費。甚至有一位老師自己承認不知道如何教，願意讓我用 V8 攝影，叫我自己研究。然而他即興過頭，第一次和第二次錄風格竟完全不同，再錄第三次又是不同。他也明說，如果讓他同一首曲子錄十次，他可以十次不同，所以回頭看第一次是彈什麼，他也不知道，他只會說全憑感覺。

哇，厲害到好籠統。

我回到家便不斷反覆看錄影帶來破解老師的招式，好像練武一樣慢慢領悟，慢慢拆解，還真的對我以後教學有很大的幫助。

有一天，我無聊之餘，看看報上有啥打工順便賺學費的機會，發現有一家位於台北蛋黃區，頗富盛名的音樂教室在徵爵士音樂老師。我想，去玩一下好了。那一天寒流來襲，我本不想出門的，因為我直覺不可能被錄取，但基於別放人鴿子的心態還是硬著頭皮去了。誰知，當場老闆聽到我彈完，二話不說立刻錄取，我實在是被嚇了一大跳，反而輪到我猶豫不決了。

他好說歹說地要我禮拜六連續上四堂課，鐘點費四百五十元，說明這一塊新的音樂領域真的是太缺師資了，無怪乎老闆當下就要聘用我。天啊，比起我在紅茶店端盤子調飲料還被客人支使來支使去的，每個鐘點也才八十元，這薪資真的是太優渥了。但是，那時我被愛沖昏了頭，因為男友當兵回來就只有禮拜六可以見面。男友雖不反對我去上課，但傻傻的我，自行拒絕了老闆的盛情。哀，我竟為了愛情犧牲麵包，現在回想起來真是傻妹，不然我只要每個星期撥出四個鐘頭，我月薪應該可以上看萬元，好懊悔。但這次應徵也不是毫無收獲，我比較肯定自己了，也確認我可以用此來賺些零用錢，好讓我找更優秀的爵士音樂老師（大學時期我打工賺來的錢幾乎都花在學琴，應該至少花了三萬元以上）。

＊

到了大三下學期，同學們之間瀰漫著一股前途茫茫的不安氣息，那時大學畢業生滿街跑，不再吃香，何況我們讀的是這麼冷門的俄文系，大家都開始為自己的前途忐忑不安。有一部分家有財力的同學選擇出國深造，另一部份選擇考公家機關以求穩定，我則選擇最鴕鳥的一條路，就是繼續念俄羅斯研究所，以躲過畢業就失業的魔咒。我心裡非常清楚我是在逃避就業，我是第三名錄取，每個月政府會補助我五千元獎學金，現在想想，我對學術毫無貢獻，白領兩年的獎學金，還早早就跑去結婚，論文沒生出來，反倒是生出了個兒子。從那時我感覺我一輩子的職業應該是家庭主婦了，慶幸自己至少不會落入我爸說以後毫無是處的地步，再往好處想一點，我至少也幫國家提升了生育率，呵呵。

回想我在研究所的兩年，書沒讀好，倒是靠教琴賺了頗多的外快。我利用那時音樂教室很缺爵士老師的時機，自己大膽地到河合音樂教室應徵。還沒彈完一首，我馬上又被錄用；再去另外幾家音樂教室應徵也都無往不利，只有幾家因為要簽一年的賣身契被我拒絕，甚至還有一家才藝教室，我教課不到兩個月老闆就要我當裡面的主任。那時我同時間跑三家音樂教室的

case，賺進不少銀子，加上納稅人給我的五千元，我一個研究生就有超過兩萬的月薪，屁股都快翹起來了。

這其間最誇張的一件事就是發生在河合教室。那間河合教室的門上都有一個小透明窗框以便於家長隨時可觀看小朋友上課情況，有好幾次，我的學生跟我反應窗外有個不時探頭探尾的身影，我心想，我這學生是個護士長了，總不會她父母還來查看她上課情形吧，那也太扯了。我一回頭，貼在窗框上的竟是河合老闆的五官，挺嚇人的。老闆微笑著點頭示意我們不用理會她，要我們繼續上課，但是老闆的臉卻執意的一直貼在那，沒有想離開的意思，有時誇張到幾乎半個小時都沒有要離開的意思，感覺好像有個背後靈在監視著我們上課。

老闆此舉沒有惹怒我，倒是惹怒了學生，學生一氣之下說不學了，但私底下卻偷偷的要了我的電話，問我有無意願到她家上課，她家距離我宿舍好近，幾步路而已，我還不用被教室抽成，一小時淨賺七百元，心中暗暗竊喜，但也裝出半推半就的樣子，接受了第一份正式家教。當然這件事河合老闆是不知道的，我想就算她知道那也是她咎由自取吧。護理師不學了之後，老闆沒有監聽的理由了，卻跟我提議她想上我的課，OK啊，來啊。

她笑容可掬地把我帶到一間有好多機器設備的教室，對著我說，「開麥了，快彈啊，」然後拿一台V8對準鍵盤，催我彈出她指示的每首歌，叫我不要停。她點的歌幾乎都是我教過護理師的歌，我心想不對，好言跟她說「這樣你學不精，只是錄影下來，變成只是在錄歌，沒有意義。」她才不管。幾堂課下來，我一直演奏，她只是一直錄影，我倒也省事，就當作是練琴，練琴也能賺錢真是好事。她以為看看影片就能輕易把我的技巧學走，想得太美了，果真，一段時間過後，她沒學會任何一首，只消耗了好幾卷的錄影帶。接近打烊時，她還會抓住我一直問哪一段用哪招之類的事，果然是商人，真會算，但是很抱歉，這種一步登天的想法其實是欲速則不達，你沒在上課操練給我看，我就不會知道你的問題在哪裡。這時候我更確定這一塊一直被忽略的爵士音樂，蘊藏多麼大的前景，且商機無限。

13 一間山葉音樂教室

就在我懷孕三個月時，來了一通陌生電話，一位自稱林小姐的音樂教室老闆拜託我到她位於南港的山葉任教。老實說這距離離我家實在有點遙遠，況且我還有孕在身，於是婉拒了她的請求，沒想到林小姐不但不介意，還帶著哀求的口吻請我一定要接下這個工作，要我做做好事幫她度過這個難關，而且願意讓我請月子假。我對這種彷彿就只有我可以拯救她的困境，通常都會心軟，好，不管多遠，就算挺著大肚子，既然有人這麼需要我，這也填補了我那毫無自信的內心，從此，我開始了通車上課的日子。

不知是幸或不幸，在山葉遇到的第一個 case 是個古靈精怪，口才犀利，活潑到極點且毫不怕生的六年級小女生。我還來不及自我介紹，她就劈哩啪啦畫天指地的道出她的遠大抱負，骨溜溜的眼睛直盯著我說，「老師，那你有何計畫讓我可以用最短的時間達到我要的成效呢？我們班上沒人會伴奏，我又是學校風雲人物，找不到人才，老師和同學都指望我了，我絕對不能辜負他們。」好一副捨我其誰，準備壯烈犧牲的雄心壯志。突然一時間被這一連串連珠砲搞得有點不知如何是好，鬼靈精接著又說，「老師，你不用現在說沒關係，我讓你回去思考一下，下次再討論細節，現在要開始上什麼呢？我們動作得快！現在我們把握時間吧！來，從這本開始上！」

喔……好的，怎麼她才像是老師啊，沒遇過這種學生，太神奇了。後來每次上她的課，兩人都會經過一番思辯交手。她質問我為何一定要這樣運指時，我也反擊，直到她對我給的答案滿意，她不但不會死鴨子嘴硬不肯改過，反而更信任我。我們沒有上對下嚴肅的氣氛，像兩個朋友在爭執一件真理，沒有輸贏，你可以暢談你的想法，我也可以糾正。

鬼靈精說她換過幾任老師，沒有一個願意認真聽她的意見，只是要她硬改也不跟她解釋，不過遇到你這種超狂學生也是一種另類燙手山芋，也許上任老師實在抓不住你才被你氣跑的吧。後來我和鬼靈精變成亦師亦友的關係，無話不說。那時課多到無法好好吃飯，最多的數量算起來幾乎有四十個學生（現在回想，我不知是怎麼撐過來的，也是後來才知道國小老師一週頂多二十幾節課，我竟然接到快兩倍的數量，而且國小一堂課僅四十分鐘，我們教室一堂五十分鐘，還好沒把胃和腎給搞壞，感謝主）。所有學生中，就只有上她的課時我可以大大方方地拿起便當來吃，鬼精靈會說，「安啦，我不會跟林老闆講啦，你慢慢吃，你欣賞我彈的看可不可以拯救我們班上音樂比賽，絕對要在我的手上讓全班不被瞧不起，我可是班長。」她真是超級無敵貼心。

天真如她也有不如意的時候，她會找我訴說，我也願意傾聽，甚至她家繳不起學費時，我也願意為她免費上課。這是我很難忘的經驗，鬼靈精也幫我上了重要的一課，誰說學生不能去質疑老師，就是互相切磋，彼此了解。在我征服了鬼靈精後，下面的學生都安安分分的，不像鬼靈精一直提出怪問題要來尬我，多出的時間我會一一跟家長說明小朋友應該要注意的地方，有時父母嚴厲指責小朋友的時候我就要當白臉，誇讚小朋友的長處。常見的是父母和小孩為了練琴關係變緊張時，我又要跳出來請父母退場，不要一直催促小孩練琴，然後囑咐孩子必須對我負責，由我擔任督促的工作，免得造成家庭失和，反而讓小孩更憎恨練琴。

有時也會遇到比較鬆散的小朋友，加上家長也不督促，這時候我又要當黑臉，恐嚇小朋友下次沒練好就要告狀。不過，通常小朋友都不怕我，因為我不太會生氣，頂多碎念，他們都知道除非真的原地踏步太久，不然我都不會採取告狀行動，因為我始終相信，如果老師太嚴厲或會打人，再有天分的小孩也都會抗拒。實際案例就發生在我們教室。

這位老師長期被母親逼迫彈琴，在音樂系畢業之後，來到我們音樂教室任教。有一天，她跟我說，她在這上課只是給母親一個交代，總有一天她一定要離鋼琴遠遠的，我有點被嚇到，她還說常做被鋼琴追著跑的噩夢，她最大的願望就是把琴給燒了，然後嫁到國外，擺脫母親的控制。想來她走音樂的路真是吃了不少苦，難怪每次上課，她永遠都是懶洋洋無精打采的，我一來同情她二來也同情她的學生，因為她有的一些學生轉到我手上的時候，常會跟我說之前老師不是一味罵就是拼命出樂理，家長也說老師都直接下課就走人很少討論孩子學習狀況。有時想想，如果我照她這樣教，我應該會很輕鬆吧，但是我就是做不來。

*

南港很遠，我挺著個大肚子牛步到站牌再加上等公車，往往一趟都要花一個小時的時間，下了課回到家往往都是晚上十一點了。

當時的公車不像現在的座椅鋪著厚厚的軟墊，而是只有一層薄薄的海綿，幾乎可以感受到木板的硬度，加上晚上十點之後車潮比較少，當時也沒有限定公車速限，司機時不時會飆到時速六十公里以上。也不知道是當時的柏油路差還是公車避震器太爛，有時我的屁股會隨著彈跳的公車上下跳動，坐墊太硬也讓我的屁股飽受折磨，最誇張的是，我肚裡的 baby 好像也感受到這種不舒服的情況，不知道是他的腳或是手，也許是頭吧，會猛力的往我的肚子踹一下，我還能摸到那硬硬的部位。無奈的只能輕輕的隔著肚皮安撫他，「可憐的小寶貝，你也在抗議了啊，我們一起期待司機能開慢點吧！」慶幸的是，因為太晚下班，幾乎都有位子可坐，不然真的有得受了。

從南港回到士林的沿途，會經過一片黑壓壓的未開發土地，然後再經過已有許多可怕鬼故事的自強隧道。我常常在想，這一片雖坐落在台北市卻和其他台北市區完全背道而馳的景象，真的令我覺得好奇，好像是南韓北韓極端不同的兩個世界，聽說，這邊的地價偏低，況且還在自強隧道的旁邊，房價更拉不起來，一探聽，房價真的出奇的低。真的有點心動，好想要在這買一間小房子，管他是不是靠近自強隧道，便宜在我心中就是王道。無奈我先生很不看好，我又沒有足夠的頭期款，不然這邊離公司又近，又便宜，如果能買下一間屬於自己的房子，我心中應該會更踏實更有安全感。

如今每次回想起那段想在內湖購屋的願望，我就會悲從中來，心如刀割，原因無他，這塊當初荒煙漫草沒人看好的地段，現在已經有了東湖科學園區再加上Costco、美麗華、大潤發等商圈的加持，水漲船高，房價飆漲。更痛心疾首的是那時我不只物色內湖，還有淹過水的汐止，原因在鬼靈精汐止的家就曾經淹到三樓，幸好她家住五樓免於波及。記得鬼靈精跟我說淹大水的那幾天，好多冰箱啊、洗衣機啊、家具啊，都在三樓高層飄來飄去，說她媽還想去撈洗衣機，因為她們家正好缺一台洗衣機，聽說流過來的還不是雜牌，值得一撈。只可惜水流太快來不及，好扯。印象中這好像是在落後國家才會發生的情景，聽起來好不真實的感覺。

鬼靈精媽媽說沒有人願意買汐止，住汐止還會被瞧不起，我哪管什麼瞧不起這種莫名其妙的說法，我就想著這時就是撿便宜的時刻，但先生又很自信地說那種地段一輩子不能翻身，連銀行也不會通過貸款的，諸如此類的百般挑剔。其實我只有一個信念，便宜不是就是王道嗎，我才不相信政府對於淹水會坐視不管，總有一天，汐止一定會治水成功，只要不是什麼凶宅或是海砂屋，其他都無所謂啦。現在回想起來，哀，只能心中哼唱著一首歌，代表我的懊悔：「往事不用再提，……就讓它隨風而去……」命中沒有偏財運，就是要認命。

14

那些音樂教室的怪現象

坐完月子的第一天，我以為這過渡型的任務即將畫下休止符，沒想到馬上被林小姐 call 回去上課，說我的學生為了我都停課一個月，不願意隨意換老師，讓我好生感動。我的使命感突然倍增，而且真捨不得放下這些和我有革命情感的學生，雖然那時只有少少的六個學生，薪水也少得可憐，但我都好愛她們，也很喜歡工作的環境。我決定繼續再觀察一陣子，如果這真的只是曇花一現的錯覺，我寧可回家好好照顧小孩，希望至少在他成年前能做個不缺席的母親。

也許是我母親太早就離開了我，我的內心始終好似有一個補不了的洞，總覺得我如漂泊的小船，找不到燈塔也找不到港口停泊，永遠在海上浮浮沉沉。若真有人來關心，他們的關心也僅能止於安慰，講些令人寬心的話；因為關心的人也有自己的家庭，始終沒有辦法像自己的母親一樣，真的與你站在一個陣線，替你分憂解勞。而與我最親的兩個姐姐，大家各自讀書、工作、婚嫁，每個人一路有忙不完的事。想想自己都自顧不暇了，怎有資格去怪別人沒有撥出更多的時間關心我呢？而我現已為人母，我的責任就是要幫我的小孩建立一個避風港，我想要讓他知道我會給他滿滿的愛，在他受到挫折的時候永遠提供庇護。

試驗的這半年期間，我的學生持續增加，而且都跟得很緊，流失率很低。林小姐似乎對我也很滿意，對我都是和顏悅色的，讓我如魚得水，沒什麼大煩惱——唯一的煩惱就是陪兒子的時間大大縮水。為了彌補這個缺失，十一點回到家吃完晚餐後，大家都去睡覺了，我和一歲多的兒子（兒子保母帶，反而白天睡晚上不睡）才開始互動，我們有講不完的故事，他有問不完的問題，母子兩人把巧虎的道具全部搬出來玩了一次又一次，幫巧虎蓋被，幫巧虎數星星，一顆兩顆三顆，巧虎的書被我們翻到快爛掉，通常要搞到將近凌晨五點，兒子沉沉睡去，這時才是我真正休息的時候。我會休息到大約中午十二點，再準備前往南港上課。

山葉教室的公司設置在商場裡，一樓販賣各種生鮮食品。有一天，我差點遲到，飛奔進公司大樓，這時，留著一頭長髮氣質溫煦的美女蕭老師把我叫住，慢條斯理地用纖纖玉手盈盈的向我招手示意我過去，不知啥重要的事情一定要在這時跟我說，我手刀跑到她面前，氣喘如牛地問「怎麼了？」她張著那雙水汪汪的大眼睛，櫻桃小嘴吐出幾個微弱的字，我想一定是遇到很大的難題，把耳朵放尖一點，等待她要說的大事。「喔，是這樣子的，我想買一包鹽，但我覺得這兩包鹽都不錯耶，好難抉擇，你可以幫我選嗎，拜託！」

我有沒有聽錯，我快遲到了耶，你竟然為了兩包鹽在這邊天人交戰，還把我拖下水，簡直被她的行事風格嚇到要吃手手。我隨便指了一包，蕭老師直說謝，說她原本也是想這一包的，現在她就不用煩惱了。在這快被她打敗的時候，我馬上想起學生還在等我，趕緊手刀奔上四樓的教室，心臟都快跳到喉嚨了，還好，準時抵達。

學生家長跟我打個招呼後先行離開，我卻看到另一位不知道是家長還是買樂器的顧客在那邊吹鬍子瞪眼的，雙手不耐的插在胸口，腳也不住的踱過來踱過去。這時老闆問我，「你有看到蕭老師嗎？」我說，「喔，有啊，她正在樓下選鹽巴呢！」這不說還好，一說，氣氛尷尬到極點，原來她是蕭老師學生的家長，聽說已經在這空等了快半個鐘頭了，打蕭老師的電話也都沒人接。看苗頭不對，我趕緊溜進教室上課，真的超尷尬的。

我到現在還是不懂蕭老師是什麼心態。有一天我跟蕭老師提起這件事，她眉飛色舞的說她那天不只買鹽，還買了一件很美的衣服才上來上課，下次要穿來給我鑑賞一下。我稍微提到那天家長好像不太高興，蕭老師竟然回說：「這沒辦法呀，等一下有什麼關係，就先練琴呀，況且，在這邊時薪這麼少，怎麼可能待一輩子，而且我以後是要嫁入豪門的，這裡只是賺一些零花錢的，沒必要這麼認真。」我瞬間茅塞頓開，原來人家是要做大事的，大和尚怎能待得住小廟呢，只有我們這些小鼻子小眼睛的才會在這裡認分疲勞的賺取微薄的鐘點費。可是沒多久，她就從我們教室消失了，只是不知道是被消失還是自願消失。

＊

說起老師是自動離職還是暗地裡老闆動手腳被消失，案例真的是不勝枚舉，令我印象最深刻的是另一家音樂教室。那間位於國家音樂廳旁，擁有超大無敵寬廣視角又氣派的門面，裡面的陳設透過擦得明亮的玻璃窗可以一覽無遺，一台氣派平台式鋼琴，十到二十個座位的觀眾坐席，架上陳列了好幾支價值不斐的長笛，還有 CD 櫃。仔細看看，一半以上的專輯都是一位長髮美女錄製的長笛 CD，想必老闆一定是很肯定且是這位長笛演奏家的愛慕者，心想老闆十之八九是個男生。

剛好這家公司正在大量招兵買馬，想想這間教室擁有將近山葉教室十倍大的門面，遂想碰碰運氣。這間富麗堂皇的音樂教室徵老師也和一般教室大不相同，方法是採用競賽方式，一個一個真槍實彈上台，前三位才可以正式聘為老師。戰況相當激烈，那十到二十人的觀眾席，這時都坐滿了應試者。我沒遇過面試要搞到這麼複雜的場面，況且透過玻璃還有一群陪考的觀眾圍觀著。

應徵者中最令我感到好奇的是一位高挑美女，身高有如模特兒，雖然帶著濃妝，但一望即知，即使她卸了妝依舊會是個超級大美人。這大美人讓我直覺她應該直接去應徵模特兒而不是來這應徵老師。她穿著長達膝上的細跟馬靴，上身穿一件能透出膚色的薄透黑紗，隱約勾勒出她美麗的鎖骨。輪到她時，我原本一點也不信這種美女可以彈出多厲害的曲目，美女不是應該每天都把時間花在保養化妝上嗎，如果她是才貌兼具，那上天也太不公平了吧。

大美女一舉手一投足都吸引住眾人的目光，大家屏息以待。當她一開始碰到鍵盤時，鍵盤像是甦醒了一樣，發揮了魔性，在她纖長玉指下，完全臣服，時而狂野時而細膩，真的是令眼睛耳朵都得到極致的滿足。不用說，她就是第一名，我輸得心服口服。好險的是我以第三名進入老師的行列，剛好吊車尾，就這樣，在這華麗的音樂教室展開另一輪教學人生。

這位模特兒般美麗又才華洋溢的美女老師，每次出現的打扮都會在教室引起一陣不小的騷動，每次有男家長來接送小孩的時候，那些男家長都特意放慢速度，似乎有意無意拖延待在教室的時間。最有福氣的男家長莫過於自家小孩就跟美女老師學琴，他們常藉機詢問小孩的近況，特意接近美女老師，美女老師一時之間變成風雲人物。我們只能接一些美女老師沒時間配合的case，誰叫我們就是長相差人一等。沒想到才不到兩個月，櫃台突然把美女老師的課挪給我，著實讓我嚇了一跳。一問之下，櫃台神神秘秘說：「你真不知道，她因為服裝過於奇異和前衛，家長去跟老闆反映，所以被老闆列為不適任教師了……還說會帶壞小朋友，破壞善良風俗！」扯耶，這什麼爛理由，就因為這種無限上綱的莫須有罪名，默默被老闆下架，據了解她本人也不知道原因，幕後老闆究竟是誰啊，哪來這麼迂腐的觀念，真想見識見識。

我和櫃檯探聽了後面的大老闆，再次被答案嚇了一大跳——原來就是那天面試時，也是穿著 bling bling，和美女老師不惶多讓的另一位美女。櫃檯還加碼說，你真的不知道她？她很有名耶，她家是台中樂器之家，難道你沒看到櫃上擺放的 CD 封面就是老闆本人嗎？你很遲鈍喔，哈哈。不是我有眼不識泰山，真的是她本人和 CD 封面差距甚大！本人當然不醜，但和照片比起來有七成不像吧。修真大，也難怪年紀輕輕可以弄個這麼偌大的音樂教室，原來有個富爸爸當靠山，還資助錄了那麼多張 CD 擺在教室最顯眼的地方，看來真的是我後知後覺。

最讓我不能接受的是，這位女老闆衣著的前衛和暴露性並不亞於模特兒老師，指著別人的鼻子時，是否要想想自己呢。不過轉念想想，開一間裝潢花費這麼大的音樂教室，家長就是財神爺，付錢的就是老大。這又是一樁「被消失」的案例。

沒多久，櫃台又偷偷地跟我咬耳朵，說教室要收了！什麼，不是好好的嗎，學生也滿多的呀，是房租壓力太大撐不下去嗎？櫃台又神神秘秘的說，我也是被騙來的，原來這個教室只是為了女老闆打知名度用的，所以才會租離國家音樂廳這麼近門面又這麼大的店面，現在她打開知名度了，教室階段性任務已經完成，所以再過一個月就要收了，我們要有心理準備，知道嗎？我倒是還好，我的學生主要是在南港，這邊只是基於虛榮心進來的。我反問櫃台，「那你怎麼辦，我知道你還是因為他們說會栽培你，才放棄原有工作從台中來到台北的呀？」說著說著櫃檯也是一股氣，我反而要去安慰她。有人曾說，要借錢的人會開著賓士之類的名車，原來有個金碧輝煌的教室也只是想要鍍金，並沒有要好好永續經營，哀，那我寧願待在我那小小但扎實經營的音樂教室。還好，櫃台小姐之後很快找到工作，當一位頗富名氣的命理老師的助理，也算是天無絕人之路。

從沒想過有人的思維是砸錢來堆名氣的，這些上流社會的有錢人追逐頭銜和名聲不遺餘力，出CD、出寫真，上電台、開演奏會、打廣告，一邊爭取曝光度一邊藉此把自己的學費調得更高，真的吸引了更多有錢人蜂擁而至，家長掏錢也不手軟，總覺得愈貴的學費愈能成就出更優秀的下一代。也許他們的思維才是對的吧，難怪我賺不到什麼大錢。

＊

南港山葉教室在這個時候卻悄悄地起了變化。教室的梁老師跑來跟我抱怨，說她的課越來越少，不知道代班櫃檯吳先生是怎麼排課的，砍掉了她好幾名學生。當時我的課算是很穩定，我只能對她抱著同情的心，安慰她說：「沒關係啦，你的課雖變少了，但妳男朋友的課卻變多了，那也不錯啊，就讓妳男朋友累一點，你就趁機休息也好啊。反正他賺的不就是你的嗎？」梁老師口中的吳先生，我只知道他是來幫老闆林小姐的忙，說是林小姐生了重病這一陣子會由他代理。

吳先生人長得斯斯文文，說起話來也很誠懇，但卻突兀的染了一頭及肩的紅色長髮，經常穿著皮衣皮褲，一副就是玩搖滾樂很潮的打扮。剛開始只是一週代理三天，後來竟變成全職，教室通常分上午班下午班兩人交替，他卻一人當兩人用，每天從早上九點一直上到晚上十點，鐘點費好像也不到一百元。更扯的是六日還不休息；以現在的標準來看，這是爆肝工作且嚴重違反勞基法，吳先生還能做得甘之如飴，這如果是以前的工讀生早就辭職不幹了。我真是佩服他的敬業精神，常誇他是有為的青年，疼老婆的好男人。

我問過他：你不嫌累嗎，他用充滿信心且臉上發出某種謎樣的光芒回答我，「有幫到林小姐就好了，我只希望能讓她安心養病。」我的淚差點沒掉出來，真是有血有淚的人，猜測他是否偷偷暗戀林小姐，不然為何如此義無反顧。

教室的對面是一個賣運動器材的櫃位，我因為太多課以至於很少跟櫃位互動，通常只是點個頭就直接進教室上課了。突然有一天那位櫃檯阿姨竟然叫我幫她探聽，吳先生有沒有幫她女兒安插別的學生，我聽得一頭霧水。搞半天，原來梁老師的幾個學生都被吳先生調給這阿姨的女兒，阿姨說：「吳先生知道我女兒是國樂系的，主動跟我提議要幫女兒在音樂界闖出一番成就，但前提是要先拍一組好幾萬的沙龍照才能引薦到電視台。我想說不定我女兒可以當上明星，所以就付了沙龍照的錢，希望他可以幫忙打點；吳先生還加碼說如果我們手頭緊，他可以幫我女兒在音樂教室安插職位，但到現在只排到三個，後來就沒消沒息了，你幫我催他一下好嗎？」

原來梁老師說的怪事是這麼來的，我還以為是學生或家長主動要求換老師呢！

某天，我正準備開始上課的時候，我的家長突然跑來問我：「黃老師，你為什麼不教我們×××了，櫃台說你太忙不能上了，是真的嗎？我女兒已經習慣你的課了，還是我配合你的時間，你說，可以的話，我們會盡量配合。」我一聽整個傻眼，趕忙解釋沒有這回事，家長才離開。後來我又陸續接到其他家長反映同樣的事情，我才知道，現在輪到我要步上梁老師的後塵了。原來吳先生來這一手，利用職位私相授受，我對他的好感開始完全改觀了。

後來想想，吳先生曾說他玩樂團，而且跟電視台有很好的關係，順便也批發一些樂團用的器材賺外快，林小姐就是因為常跟他批貨才認識的。好死不死，聽過了運動器材阿姨說的那段話之後，吳先生也跑來笑盈盈地跟我說：「黃老師，我覺得你長得不錯有明星臉，你可以考慮拍一組沙龍照……」竟然把對櫃檯阿姨的那套話術完完整整的套到我身上，我尷尬的說了聲，「喔，謝謝你的讚美，我考慮一下喔！」就緩緩的轉身離開。

不知是否因為我當下沒馬上拒絕，吳先生竟然就開始和我頻繁的接觸了，他會邀請我到員工餐廳共餐，我知道那餐券是櫃台專有的，我們老師不屬於員工所以要額外付費；也好，我自己會付，公司員工餐辦得不錯，沒想到他硬是要我用餐卷，我拒絕了，他還直接把券塞到餐廳老闆的手上，動作之快令我傻眼。（若沒有前面發生的事情還真的以為他在暗戀我哩）。

吃飯時，兩人寒暄了一陣子，終於進到主題：「黃老師，你覺得上次那個提議好嗎？考慮得如何啊？……以後妳的學生要買琴可請學生在教室看好型號，直接跟我說，不用透過教室，我會給你傭金，這樣對學生、你、我都很好，或是你需要任何的其他樂器例如吉他啊小提琴啊，全部都可以從我這拿到更便宜的價錢，就不需要勞煩到林小姐了，何況她正在生病，最好不要打擾到她靜養。」

剎那間，我好像了解事情的來龍去脈了，難怪他會願意幹這份低薪又爆肝的工作，原來整間教室已經淪為他的賺錢工具了。好可怕，就像是一個政府要職來了一個貪官還任意分贓權力這種等級的可怕，我擔心的不是我而是林小姐，她的公司竟被一名她很信賴的人惡搞，真是不值得啊。

兩人在員工餐廳邊吃邊聊，吳先生開始勾勒出他和他一家人共同擁有的財富，想像著要如何賺進大把的鈔票來取悅他的老婆和小孩，讓她們過無憂無慮的生活。這時我深深地望進他的眼睛，我反問他，你的夢想是賺到多少錢才夠呢？他說：「我要賺到家裡有一台私人飛機，當然還要有私人停機坪。要有很大的游泳池，出入要名車，要讓他老婆戴上至少一克拉以上的鑽戒，小孩念貴族學校，送小孩出國留學，讓老婆知道現在雖然我都沒時間陪伴她，但以後她會知道我的用心良苦，甚至會開始崇拜我……」等等。

我反問他，「你何必如此討好她，難道她有嫌棄你嗎？」果然，我聽到的回答就是，因為他都忙著賺錢，沒時間陪老婆和小孩，最近老婆想和他離婚。這人是想錢想瘋了嗎？他已經失去理智搞不清楚狀況走火入魔了，真是沒救。利益薰盲他的眼，金錢堵住了他的耳，他無法分辨是非了。

我看這教室在這人的亂搞私人利益下，前景堪慮。我幫他算算，以他這種又賺櫃台薪水又A教室員工餐卷攏絡老師，再私下賣樂器，又推銷沙龍照片騙取金錢，又用音樂教室老師的職缺私相授受，全然不花自己成本的生意，真的應該是口袋滿滿，難怪即使冒著爆肝的風險也不嫌苦，也祝福他能夢想成真，挽留住他的老婆和小孩啦。其實想想如果我好好配合他的計畫，花個幾萬元拍組沙龍照，跳過林小姐轉而跟吳先生買樂器（通常家長會聽老師的建議買琴），讓吳先生有賺頭後再跟他開口排學生給我，兩人狼狽為奸，照這樣做的話，我現在口袋應該也是麥克麥克了。

15 南港小鎮

就在這危機的時候，突然有一個家長說他朋友想上鋼琴課，但這位朋友是開家庭理髮店的，沒有辦法帶小朋友前來教室上課，請他代問我願不願意到他家去上，對象是兩個小女生，地點是位於南港，離公司大約一公里遠的小鎮。

我在心裡盤算一下好像可以配合，就這樣開始了我的家教人生，但我卻沒料到在這個小鎮，竟然讓我在短時間內不用宣傳竟然足足收到將近二十個家教。當時音樂教室被吳先生搞到我的學生只剩二十人，人家小村莊口耳相傳進帳二十人，巔峰時學生大約維持在四十人左右。

原因應該歸功於這間理髮店。這理髮店雖然是一看起來很不起眼的傳統店面，但是陳媽媽卻擁有一副好手藝，往往還要預約，而且幾乎都是做熟客。陳爸爸負責幫忙洗頭吹頭髮打掃，而我和兩個半大不小的小女孩就在旁邊的房間上課，時不時會互相打鬧一番，還常常為了要彈哪一首討價還價。姊姊有時還要我幫她解答長頸鹿補習班的英文功課，我會佯裝氣呼呼地唸她：「奇怪，我到底是鋼琴老師還是英文老師啊，都被你搞混了！」反正我們的上課實況都會傳到那些來做頭髮的小姐或阿姨耳裡，偶爾顧客要上洗手間也必須經過我們，這些阿姨們無聊的時候便會駐足一下來旁聽，更要感謝陳媽媽對我的教學一直很肯定；短時間內，以理髮廳為中心點，一個傳一個，社區很小，以很快的速度累積學生。也許我教得也不差，在這個社區我一待就是好幾年。走在鎮裡，都會有人跟我打招呼。

而這個小鎮因為靠近中研院，生態比較特殊，通常會遇到兩種族群，一種是社經地位較低，但熱切期望子女成龍成鳳，覺得要逼很緊才叫做學琴的家長，他們為了兒女花錢不手軟，希望我越兇越好；另一類是事業有成，在這台北市郊區購置又大又新的社區花園，或是為了讓小孩讀胡適明星小學而遷入社區。聽說因為有中研院員工的子女就讀，所以胡適小學的師資和設備都很好，通常這類富戶家長比較不會給子女很大的壓力，而是以培養興趣佔大多數。

在這小鎮裡我接觸到形形色色的家庭，無法一一描述，但都有一個共同的特色就是——這些父母親都是全心全力的呵護自己的小孩，不帶一點要求回報的心態，也沒有什麼重男輕女的偏見。我這才理解到什麼才叫真正的親情，那是不求回報的，真心的互相關照。我過去曾有一個錯誤的觀念，就是父親的角色應該就是嚴厲的、不親小孩的，但深入到他們家庭裏，我深深的理解，原來這才是常態，是我扭曲了父親應該扮演的角色，我更知道我的性別不該遭到任何的歧視，慶幸還好我離開了那充滿性別歧視只會用金錢衡量親子關係的失能家庭。

就在我的學生被吳先生排給那些繳沙龍照費用進來的人馬，漸漸被動的消失時，小鎮的學生卻慢慢累積。沒想到沒幾年，不知到是不是台灣少子化加上景氣不如以往，好幾家偌大的購物中心竟接連被淘汰，那家音樂教室所在的百貨商場也逃不過厄運，不得已吹了熄燈號。

我真無法想像，佔地那麼大的一間百貨商場，竟然說倒就倒。之後打電話給山葉的老同事時，才知道原本的音樂教室也解散了，林小姐只得另覓適合地點再重新開張。後來我去拜訪她，她對我的印象還是很深刻，竟然馬上叫出我的名字。在我們噓寒問暖的時候，我問，吳先生還有在幫她顧店嗎？林小姐似乎想講什麼卻又欲言又止，只淡淡地說，「店還是自己顧比較好，我現在只會找假日工讀生，至於吳先生，我也不知道他的消息。」其實我又何嘗不是欲言又止呢？我問她最近教室經營如何，林小姐說，「現在投履歷的老師一堆，學生人數卻是少了很多，相對樂器也不好賣，我手上本來有三間店，現在收到剩兩間，所以我兼做一些副業，你看，這是階梯線上英文教材……這是直銷的健康產品……」嘩啦嘩啦地反問我有沒有興趣一起經營，這……好尷尬，連忙跟她說我有事不能多聊，轉身離開。

＊

我們這批被迫淡出的老師，其中有位梁老師超級勇敢，不想讓別人掌握她的命運，選擇了自己開音樂教室自己收學生，應該是我們這批老師中最勇敢進取的。最離奇的是她的男朋友（上面有提過）竟然跑去當馬伕。我聽到時下巴差點掉了，馬伕，那不就是淫媒嗎？這是什麼離奇的際遇，要轉跑道也轉得太偏離軌道了吧，還是太自暴自棄了，好可憐，一定有說不出的苦衷吧？梁老師說，「他哪有什麼不得已的苦衷，做了馬伕可快樂得不得了，薪水一飛衝天，是原本近十倍的薪水耶，賺得不亦樂乎哩。」此話怎講？梁老師敘述了一番，我才知道原來還有這種快速賺錢法，真讓我跌破眼鏡，嘖嘖稱奇。

這位梁老師前男友姓鄭，長相普普通通但卻是一位非常優秀的演奏者，不僅古典彈得嚇嚇叫，還可以接受任何流行音樂點歌，每一首歌都可以信手捻來毫無障礙，每次一出現在教室，就像個超級偶像一樣，被一大堆學生包圍要求點歌，總能把教室的氣氛炒得沸沸揚揚，一時之間，我們音樂教室就像是舉辦演奏會般的吸引了一堆人駐足。

有時我在教室裡上課，學生還會時不時被外面的琴聲吸引過去。其實我曾想過利用彈奏賣場的琴來吸引一些人潮，但沒試驗過這種辦法，況且也怕打擾到上課的學生，往往一有這念頭，馬上又被自己否定。然而，這位鄭先生敢做自己，也沒問過林小姐可行不可行，就大主大意敲鑼打鼓般的展示自己精湛的琴藝，本來林小姐還不同意，深怕音量會打擾教室上課，沒想到，卻意外的讓林小姐多收了好幾份報名費，而且都是指名要鄭先生擔任老師，一時之間，教室多了好幾個學生，尤其是男學生。這種情況有點少見，以往教室都是女多於男，那時卻罕見的男多於女，這著實讓林小姐喜上眉梢。

這盛況好像維持了兩三個月就慢慢消退，我不知道為何如此，直到有一天我接到一位由鄭老師手上轉到手上的學生。我好奇地問家長，為何中斷和鄭老師的學習，我才知道為何這盛況僅能維持幾個月。其實也不能完全怪鄭老師，由於他實在太熱愛表演，以至於在上學生的課時，還一直陶醉在自己的表演中，卻忘了這是要授課的，家長會抱怨他的小孩幾乎半個鐘頭都站在旁邊欣賞及拍手，前幾堂課是熱鬧滾滾的，但這樣卻失去音樂課的意義，畢竟這不是音樂欣賞課。學生當然樂得輕鬆，但是家長付了學費沒看到成果，心裡總是會疑惑，久而久之，那一窩蜂跟著鄭老師的學生又漸漸地流失。偶爾鄭老師會抱怨這些不識伯樂的家長，我也只能安慰安慰他。

鄭老師也是教室有名的風流才子，每次有新的女老師進來，他都會掩不住內心的歡喜，常在新老師待的教室外探頭探腦的。我記得教室來了一位長相普普卻穿著前衛的香港女老師，讓我印象最深刻的衣著就是她戴了一副那時在台灣很少人戴的手套，那長手套長及手臂，只露出手掌和上臂，其實說白點有點像現在女性的開車的遮陽手套，但是香港老師那副手套材質是黑色雷絲，和白皙的上臂形成強烈對比，很是性感，再加上那時台灣很少這種手套，這種性感打扮真是讓鄭老師眼睛發直。我發現鄭老師很容易被一些打扮時髦的女生弄得心猿意馬，誇張的是他只看到香港老師的背影，連正面都還沒看到，就回頭跟我說：「黃老師，這香港來的女老師穿著真辣，讓我都興奮起來了」。怎麼這麼沒原則，難怪，鄭老師的女友梁老師，常常跟我抱怨他常劈腿。也許因為鄭老師熱愛公開表演，又喜愛火辣的女生，剛剛好在 piano bar 非常吃得開，一邊演奏一邊幫大老闆介紹店花、兩頭賺，聽說月入就有二十萬，呵呵，他真的是走對路了，希望他在新的職場一路亨通。

就這樣，我們這批一起在教室的元老就在吳先生的介入之後，情勢所逼，分道揚鑣。

*

在我致力於開拓離家甚遠的小村莊的同時，我也在一些離我家比較近的音樂教室任教。這時音樂教室基本上比較缺爵士老師，我也利用這優勢進入離家較近的音樂教室。這間音樂教室的老闆娘做生意的手段非常高明，我也是進去之後才知道原來做生意可以這麼不擇手段，也可能是那時音樂教室已經太競爭了，這也是必要之手段之一。店面是他們自己的，老闆娘非本科系，但是和我一樣會一點爵士，只要是上爵士或流行的學生她會優先納入自己口袋，待遇到程度較深的無法勝任時，或是一些資質比較不好的學生，就是我接下這燙手山芋的時機了。

老闆娘為了同時兼顧櫃檯的工作，會約束家長不可在旁觀看她上課（但卻可以觀看我們這群老師上課），原來她幾乎是全程用節拍器上課，這怎麼說呢，就是打開節拍器，請學生跟著，一直彈到對上拍子之後她再進去規定下一次的功課。這種方式真是叫我瞠目結舌，難怪她可以老師兼任櫃台一點都不手忙腳亂。老闆娘先生在教室擔任調音師，也收購二手琴，再把舊琴整理好，這種夫妻共同經營但各自有一片專門領域互相配合又不抵觸的方法，真的是非常高明。

有一天，老闆娘提出要和我學爵士的想法，我其實並不訝異（跟之前的河合老闆娘一樣）。我真的會扎扎實實有系統的教她，不會留一手，但是我心裡也知道要一位每天不只要顧店而且手上那麼多學生的人挪出她寶貴的時間來練習，那真的是太和錢過不去了。果然，沒多久她自動對我說她沒時間練習，所以就放棄了，哎呀，彈琴真的不是教就好，真的是要花時間操作的啊。其中有一個插曲是，老闆又介紹一位黃老師和我學即興，也是學到一半學不下去，結局是我們兩人竟然一起去逛百貨公司了，從此變成好朋友，不但沒賺到錢，反而時常被她一直拉著去吃好的、買好的，花了一大筆錢。

我在想，古典老師常常想學即興又無法持續的原因，也許是因為已經被五線譜框住太久，無法適應美式左手的呈現方式，另一方面實在是上完課已經很累了，沒力氣也無心去做花式的試驗，畢竟即興也需要花點時間和腦力。常常我和這些老師的對話都是「這邊可以做經過音，或是西部音或是嘗試用掛留和弦、減和弦、增和弦，做出不同的音響效果喔……」她們就會說：「為何不把它弄成五線譜呈現呢？」我說：「喔，它就是不要把伴奏綁死在五線譜啊，才能讓你自由發揮……」

通常會有這樣的爭執，我很想說你不是要學即興嗎？你又要五線譜綁住你，那你乾脆就去買譜就好了，那就不是即興了啊……哀。也不能怪他，我以前也是被五線譜綁死的那群人，只是在我年輕的時候便幸運地知道有這種即興方法，不然我現在也是只能按照五線譜操作的人。沒有哪種好哪種不好，只是各取所需罷了，一種是磨練技巧的美妙，一種是能夠任意創作的快樂，反而是一些年輕學子很快適應這種樂譜，而且創意無限。

算一算我曾經被五個音樂教室老闆要求教授即興鋼琴，就只有一個女老闆真的成功學到了如何去做即興演奏，但前提是這位女老闆是彈奏吉他的，本來對和弦有一定的了解，知道如何去做，缺點是沒有古典的底子，所以彈奏技巧不好，雖會即興但聽起來就差那麼一點味道；而彈奏技巧好的老師卻無法自由編曲，一直被五線譜綁架。即使真的遇到很願意學習即興的老師，卻礙於時間已被教學剝奪殆盡而無法撥出閒暇來摸索，真是兩難。

16 最懷念的演奏時光

家教或音樂教室都都屬於比較封閉的場所，出入不外乎學生、家長、老闆。雖然我對教學是熱愛的，但我更喜歡自己專注於彈奏，不要被其他雜事干擾，沉浸在自己充分掌握詮釋音樂的世界，不用去糾正別人，不用去忍受那些學生沒練好的噪音，不用去為了學生音量控制得不夠好而發脾氣，也不用和學生要不要彈誰的作品討價還價。不久之後，幸運之神竟然讓我這個奢侈的願望成真。

感謝老天。也許是企業剛好遇到金融風暴來襲，各個大公司面臨危機無不致力於轉型，有個經紀公司來音樂教室挖角，希望找個音樂老師能配合飯店的一些活動參與演出，這消息馬上傳遍整個音樂教室，每個老師都摩拳擦掌，希望能得到經紀公司的青睞，只是沒料到，洽談之後都不甚順利，最後經紀公司莫名其妙找到了我和另一位唱聲樂的老師（黃老師）一起搭檔演出，一聽到經紀公司開出的條件，我才知道為何當初讓老師們躍躍欲試的工作反而變成了燙手山芋。我不知哪來的勇氣，硬著頭皮一口氣就答應了這艱難的任務，不為別的，就圖個新鮮。

長榮桂冠飯店想要在情人節那天推出特別節目，要我和黃老師策畫出那天的歌單，而且都要有關愛情的元素。偏偏接到這任務時剛好大家都在過舊曆年，於是我和黃老師除夕圍爐後，就不眠不休的挑燈夜戰，擬歌，找譜，對key，修音，累到人仰馬翻。

終於來到這熱戀中男男女女期待的情人節。到了現場，飯店布置的那一大片玫瑰花海和擺設在男女中間發出淡淡鵝黃星火的燭光，那微光打在每對戀人的臉上，好像這一刻代表的就是永恆的愛情，浪漫的氣氛簡直讓我感受到戀愛的氛圍。我們為這些熱戀中的男女獻上了第一首歌《牽阮的手》，在我個人感覺一切氣氛都那麼好的時候，黃老師卻臨時罷唱，帥氣地一甩頭，叫我獨自一人繼續撐下去，還丟下一句：「剩下就交給你了，加油。」我頓時摸不著頭緒，是我哪裡做錯了嗎？明明我們昨天還在挑燈夜戰，就為了要對到你的key，怎麼今天說不玩就不玩了，那這一對對情侶怎麼辦？我們和飯店簽的約怎麼辦？違約可是要賠違約金的耶，黃老師對我說，「唉，這裡提供的麥克風收音效果很差，我拒絕繼續唱下去。」

她瀟脫的轉身離開坐到飯店的角落，我腦袋轟的一聲，不知怎麼收拾殘局，難道我也要選擇華麗的轉身嗎？這時我發揮了小孬孬的精神，不敢發脾氣，只能選擇硬著頭皮撐下去，沒有了主唱，之前練的都是白練。還好我有備一些平時彈的樂譜，一首短短五分鐘的曲子，拚了命的用即興撐到十分鐘以上，甚至插入一些信手捻來的旋律，就這樣死命地撐了兩個鐘頭，彈完只覺得全身幾乎快要虛脫，但還是要優雅從容的下台。並沒有人發現主唱中途不見了，經紀人也以為我們的策畫就只有唱一首歌曲，其他都是鋼琴獨奏。經紀人把這場表演費給了我們兩人，黃老師客氣的說全部都歸我，因為她沒有照 rundown 走，但是我可惡的小孬孬精神發揮到了極致，我竟然大方地說：「沒關係，你也唱了一首啊，我們平分」，其實我心裡嘀咕著，再也不想一起合作了，真是天殺的。

正在憤憤不平的隔天，我接到經紀人的電話，要幫我牽線位於東區環亞大飯店的長期合作琴師，必須要簽合約，而且最棒的是一個禮拜只要彈兩天，時間是禮拜六日晚上八點半到十點半，中間可休息半個鐘頭。這真是對我而言最佳的時間，至少我不用放棄目前手邊的課，我好高興，滿口答應，況且薪資也很不錯，最重要的是，彈什麼曲目任由我決定，我可以一邊享受彈琴一邊領錢，真的是全世界最快樂的工作吧！頓時，我反而覺得黃老師是我的貴人，感謝她的一走了之，感謝她的不負責任，才讓經紀公司只看到我，真的是太謝天謝地了。

*

我、經紀人和飯店經理約在飯店 lobby 簽約，步入的瞬間我便被飯店的宏偉氣勢震懾住，才猛然發現為何這工作已被經紀人抽成到快脫皮脫骨了還尚且有那麼好的薪資。環顧這外觀是玻璃帷幕，從中庭內部抬頭仰望挑高至少十層以上，像羅馬競技場般的環繞式建築。白日時透著清新的暖色光，夜晚更散發出迷人慵懶的夜光。

我的 grand piano 就置身於這玻璃帷幕的正下方，住在二樓以上來自各國的房客只要願意，打開自己的房門就可聽到由中庭 lobby 傳來的音樂聲。我這才意識到責任的重大，果然這錢是不好賺的。據經紀人說這大廳占地七百二十坪，提供各式各樣異國料理，晚餐招待的主顧客是台灣人，晚上八點半過後服務的客人主要是住在此飯店來自世界各國的商務人士，經紀人和阿兜仔經理相談甚歡之時，突然在我完全沒準備的情況下便叫我立刻上台試琴。

講好聽一點是試琴，說穿了就是要測試我。好險，我挺過了這一關，才順利完成了和飯店的簽約，開始了我超級無敵累也超級無敵充實的一段旅程。累的是教學加上演奏一天起碼十小時的工作量，充實的是，我不用再看學生家長的臉色，愛彈什麼就彈什麼，沒有人可以約束我，想一想那種自我掌控的感覺，真的無比快樂。

起先，我會彈一些比較古典的曲目，例如蕭邦、舒伯特之類的抒情音樂，畢竟大家在用餐，並不太適合太激昂的曲目來讓客人胃部承受太大刺激，不過慢慢的我也開始怠惰，畢竟一場將近兩個鐘頭的演出總是想偷點兒懶，不管三七二十一，累的時候便穿插幾首簡單的歌，例如〈卡農〉、凱文・科恩（Kevin Kern）的〈綠鋼琴〉之類的，能省力就省力，反正彈錯了隨便掰回來，也沒有裁判在下面打分數。

沒想到，那些原本工作時都呈現一副呆滯樣飄來飄去約莫十七、八歲的年輕工讀生，趁著客人少的時候，竟然一個一個飄到我的身後看著我彈琴，我以為他們是累了想趁機摸魚，或是來警告我不要彈這些不夠深度的歌曲，正想著切回到德布西的曲目時，一位長得很帥、穿著筆挺制服的小男生，趁著這空檔，在我的耳邊小聲地說，「可以請你再彈一次〈卡農〉嗎？」丟下這一句又偷偷的漂走。

「Of course！」我心裡大聲地吶喊，你要我彈十次都沒問題，真是讓我太省力了。我再一次彈了〈卡農〉，儘管遠遠的，我還是看到這位小帥哥偷偷地幫我豎了個大姆指，他原本呆滯的瞳孔散發出晶亮亮的光芒，手上端的盤子好像也變得不那麼沉重，腳步顯得更加輕盈。我看得出來，這些工讀生好像聽到了和他們有共鳴的歌曲，讓他們在這沉重的工作當中，得到了解放。我本來和工讀生不怎麼熟稔的，卻因為彈了這些簡單的歌曲得到了他們的歡心，時不時這些可愛的小男生小女生下班後還會追問我下次彈什麼歌給他們聽，還說下次幫我再偷渡蛋糕給我，天啊，原來我的主顧客是這些服務生啊，哈哈，我很樂意喔。

就這樣，每次的表演中，為了討好這一群可愛的小朋友，我一定會穿插〈卡農〉，偶爾會彈時下流行例如周杰倫的、五月天的抒情歌，彈到台下一些聽眾會圍到我身旁看我如何詮釋，畢竟流行歌比較能和台下達成共鳴，經理還必須勸退這些太好奇的客人，請他們回座。

這些客人讓我最印象深刻的是一位打扮入時，脖子上纏著一條狐狸毛脖圍，雍容華貴，顯然不是普通人的貴婦。幾經勸退，她還是依然故我地堅持站在我的後方盯哨，不只一天，接連好幾天都如此。聽經理說，她是這裡的大戶，還是不要得罪的好，看就看唄，並不會少一塊肉。當我彈蕭邦作品時，她會在我後面說這我也會彈喔。好，OK，我再彈其他作品時，她也附和說她會彈，嗯，好。So what? 當我彈到她不知道又感興趣的歌時，她還會盤問我是用什麼節奏做出來的，「那是……，ㄟ……經理在看我了耶，休息時間再聊好嗎？」

我已經搞不清楚要不要好好應付這位貴婦了。這位貴婦真的連我休息時間都不放過我，一直要幫我引薦什麼某台主管，一下又是出版社的老闆，奇怪，我幹嘛涉入你的交友圈，我正餓著肚子呢，我要吃小帥哥送來的蛋糕啦。但她還是自顧自口沫橫飛地說著她在這飯店是頂級VIP之類的瞎話，小孬孬我只好猛點頭稱是。常常因為她，我都錯過好多陳列在四周的美食，沒想到也因為她我差點賠了那個月的薪水。

＊

話說，十二月底的某天，寒流報到，我得了重感冒，卻沒人可代班。勉強彈了上半場，中場休息，體力真的有點不支。眼尖的貴婦看到，馬上自告奮勇願意幫我帶下半場。

我狐疑地問她，「妳可以嗎？」她自信滿滿地拍胸脯保證絕對不會搞砸，我說還是問一下經理好了，她遂立即說她問過了，沒問題。這……欸，經理不見了，我四處張望著，貴婦再次保證說已經詢問過經理了，其實那時我也頭暈腦脹的，就順勢把場子交給她，還連忙跟她說下次我會把她應得的鐘點費算給她，就回家休息了。

當我下次再出現在lobby時，經理氣沖沖地詢問我下半場怎麼不見了，我說不是經理您說可以的嗎？兩人同時傻眼，這下才知道貴婦根本沒請示過經理，我被騙了。帥哥工讀生此刻端著盤子晃到我身邊說「琴師，下半場你怎麼不見了？」我反問，「代班的那人彈得是很差嗎？」小帥哥說：「喔，我是沒意見啦，只是好幾位客人來問我是不是我們飯店提早過聖誕節了，可是現在才月初離聖誕節還有一段時間啊。」我納悶問這是啥意思？帥哥說，「喔，因為她一直反覆彈平安夜和 Jingle Bell，所以我也無從辨別她的技巧如何，哈哈。」我的老天鵝，超級尷尬，真的很想找個地洞把貴婦給埋了，為何這世上會有這種荒唐的事。隔天更荒誕的是我還得面帶笑容把這代班費恭恭敬敬的用信封袋裝好拿到貴婦面前，哈著腰說「那天謝謝您，請笑納。」貴婦說，還好有我在，下次生病可以再找我。我聽了差點吐血，不知道她哪來的自信爆棚，真是敗給她了。

*

通常接近深夜飲料 bar 的時間，會出現較多的外國旅客，最禮貌的聽眾是日本人。

印象很深刻的是，有位日本老奶奶一直在我的平台鋼琴旁徘徊，我主動用英文問她「May I help you?」"奶奶聽不懂英文，卻一直指著鋼琴一直低聲喃喃的用日文說「洽幫，洽幫」，還好我冰雪聰明，「Chopin?」於是彈起了夜曲。奶奶閃閃發亮的眼睛激動地猛點頭，說 hi hi aligado。之後她便默默地一直坐在距離我一公尺的休息椅上，全身跟著音樂緩慢地來回擺動，閉著眼睛低聲地和著琴哼著旋律，她的表情好像沉浸在過去的美好回憶當中，這種氣氛真的很溫馨，我能為老奶奶演奏她喜愛的樂曲，盡一份小小心意，內心充滿無限的歡喜。

某天，不經意的看到電視台正在連線某飯店的一群勞工因為飯店經營不善面臨被資遣，群情激憤的員工頭上帶著抗議布條，這場景怎麼很熟悉，仔細一瞧，不就是我待的那家飯店嗎？之前經營不善的謠言原來都是真的，我無法想像這偌大而碧麗堂皇的飯店居然一夕之間會風雲變色，想到這裡，真是讓人不勝唏噓，心中充滿無限感慨。剛好也差不多到了我和飯店終止契約的時間，就這樣，結束了我在飯店的演奏，時間雖然不長不短，但是卻讓我獲益良多，這不是在單純的音樂教學中可以學到的。飯店是一個層級管控很嚴格的公司，每個部門都要互相配合，才能管理一個這麼龐大的公司，真不是我們想像的容易。直到現在，我開車經過那圓環飯店的時候，就會想起那段寶貴的時光，但也常被我先生虧「這間飯店一定是被你彈倒的」，讓我氣得吹鬍子瞪眼的回答，是多虧我彈的那一年，才讓它多撐了一年。

17 經營音樂教室的大夢

跑家教的日子雖然讓我荷包滿滿，但因為上課地點必須一直更動，讓我每每疲於奔命，不管颳風下雨，熱浪來襲，天寒地凍或是明明準時到卻常因找不到車位、或得應付家長不合理的訴求等不確定的因素，始終讓我沒有安全感（這些甘苦談，可說上三天三夜）。於是我開始幻想，如果我像其他老師一樣自己開一間教室，不用奔波不用看老闆的臉色，不用忍受夏天的酷暑，不用在冬天咬牙哆嗦力抗寒流，更不用跟時間賽跑，只要坐在自己經營的教室裡，自己當老闆，不僅可待在冷氣房裡，學生都一個一個乖乖地來教室報到、繳錢（話說，不畏酷暑的跑家教讓我常常汗流浹背，導致脖子的濕疹反發作，真的是挺惱人的），那真是快樂的天堂啊。正開心的在勾勒這美麗的圖騰時，好巧不巧，剛好有位美麗的音樂教室老闆想頂讓教室，從此刻開始，我的天堂夢在半年內掉到了地獄。

頂讓的李老闆是一位待嫁的美麗準新娘，打契約的時候鄭重的帶著她開公司的小開帥氣準老公，和滿身珠光寶氣手裡還抱著一隻貴賓狗的媽媽出現，我則是一人單槍匹馬赴約，地點是一間怡客咖啡。

在窗明几淨飄著咖啡香的空間裡，李小姐滿面笑容的，散發著出眾的氣質，身邊攜帶著綴著黑色蕾絲花邊很有品味的歐式遮陽傘，是個很漂亮的老闆兼長笛老師。我好奇為何願意讓我以三十萬這麼廉價的數字把她一手打造擁有五小一大琴房且設備一應俱全的教室轉手於我，李小姐露出將成為新嫁娘的嬌羞，愛慕的眼神沒有一絲保留轉向他的帥哥未婚夫，只差沒撲進帥哥的懷裡，然後表示自己即將成為一家大公司的老闆娘，無暇管理。

聽她這麼一說，想必不是嫁入豪門也一定是嫁入好門。這些都不是重點，我反而是衝著她的一句話深深地陷入甜蜜的陷阱中，「我啊，應該是全台北市最懶惰的音樂教室老闆，一個禮拜我只有來兩天，其他天我都請櫃檯小妹幫我輪流顧教室。」天底下竟然有這麼好的事，我開始盤算照她這麼講，我不僅可以不用放棄一直跟著我和我很有默契的學生，還可以晉升成一週只撥兩天來視察教室的老闆娘，那不就是好棒好涼的概念。更令我驚訝的是，我一口氣殺成二十萬，李小姐竟然也爽快的點頭答應（我估計這教室裝潢費絕對超過一百五十萬，其中有四台Yamaha鋼琴，五台冷氣，至少十把小提琴，兩把大提琴，隔間、燈具、隔音、地毯都是上等材料）。李小姐眼中閃著淚光慈悲的說，「她」就像我的小孩一樣，我只希望把「她」交給我能放心的人，其他都好談，很依依不捨的模樣。對啊，這麼好的教室竟然只用二十萬就頂給我，任誰都會不捨吧，天啊，我怎如此好運能遇到如此佛心的美麗女子，機會實在是太難得，錯過就是大呆瓜吧。為了不讓自己錯失這大好機會，我開心得以迅雷不及掩耳的速度衝到 7-11 提款機前毫不猶豫地按下提款鍵，手抱著 ATM 吐出的二十萬元氣喘如牛地回到咖啡廳，深怕這大好機會怕被別人捷足先登，還連聲說道，「不好意思，還讓你們等了十分鐘，謝謝！」雙方一拍即合，二十萬當現成老闆，真是快樂得不得了啊，這將是我人生的里程碑，請大家拭目以待吧，真是太令人期待了，不是嗎？

＊

是的，就是今天，我用那小小的金色鑰匙插入音樂教室的門把，輕輕地轉動，打開了那一扇透著光的教室大門，滿足地看著這買來屬於我的美麗殿堂。玻璃櫥窗擺放的幾把看似名貴的小提琴，在鹵素燈的照射下，熠熠生輝，音樂教室更滿溢出滿佈音樂的神聖氛圍。打開冷氣，讓炙熱難耐的空氣瞬間化成像是置身在滿是負離子的涼爽森林中，我的嘴角上揚，終於不用在近三十七度的大熱天下冒著危險騎乘摩托車在馬路上和計程車、公車互相爭道賺血汗錢了，我要吹著冷氣，風風光光地坐在櫃檯等著收錢，多麼美好的生活啊。同時，桌上的電話鈴響了，嗯，一定是生意上門了，「喂，××音樂教室，請問有需要服務的地方嗎？」沒想到對方劈頭就說：「我聽我小孩說你們××老師上課又遲到了，聽說還邊上課邊剪指甲，這是怎麼回事啊？」我傻眼，下一通電話：「喂，你們櫃台說要找我的錢，至今都沒退給我，何時才會退？學費怎麼每次都算錯啊！」

鈴……「櫃台嗎，我是××老師，我臨時要練團，無法過去喔，就這樣，掰掰！」電話那頭傳來常常的嘟—聲，一堆莫名其妙讓我毫無頭緒的問題一時間蜂擁而至。這間號稱旗下有八位名師的教室，老師說不上課就不上課，只把教室當賺錢的臨時工作，來了賺錢，沒法來就瀟灑地揮揮衣袖毫無愧疚感，不是遲到就是早退，沒有責任心就算了，甚至不把教學當作一回事，這才令人髮指。

上班的第一週感覺原本教室的涼爽空氣逐漸變成令人發寒的冰窖。一種不祥的預感來襲，這是一個虛有其表卻敗絮其中的空殼教室，這還不打緊，重點是前老闆留下太多應該連她自己都不清不楚的爛帳，需要我去善後。在這頂讓來的教室裡讓我百分之一百充分理解到「天下沒有白吃的午餐」這句亙古不變的至理名言。要處理這裡的爛帳，還要應付空有高學歷但沒有半點教學熱誠的名師，最可惡的是某位想挖走學生的老師，我不怪她，畢竟人都有私心，但是為了挖走學生還違背良心在家長面前搬弄是非造謠生事，平時看似氣質高雅的女老師，一轉身卻是心思陰險的，為了自身利益一味抹黑，這才是讓人最寒心的。

若大家心照不宣睜一隻眼閉一隻眼就算了，偏偏家長也愛八卦，還特地跑來跟我說該老師所使的種種話術，這就讓我非常受傷。為此，我還跟我自己的學生請了一段長假，就為了清除教室內之前產出的毒瘤。被挖角的學生就讓她挖走好了，反正把這種造謠生事的老師留在教室，留來留去總會留成仇，不該屬於我的就不屬於我，不如直接斷開，圖個耳根清靜。認真把學生當作一回事的老師留下繼續上原本的課以補貼我教室的租金，那些家長對懶惰老師怨聲載道的case，萬不得已，我便自己承攬下來（當時我自己的課已經滿載），其中一位還是在音樂班已頗具知名度老師，當我承接她的學生時，遇到的情況真的令我非常的震驚。

其中有一學生小紫，要報考英國皇家五級考試，竟然連最基本的視譜都不會。我問小紫，那你是怎麼能彈出五級考曲的呢？小紫說，因為名師上課一直飆罵，她很害怕，所以都不看譜就直接記憶。哇哩咧，好一個直覺記憶法，聽力真是好極了，五線譜卻好像跟她是陌生人。借問這能通過皇家五級嗎？我只能替名師解釋——因為她遇到的都是音樂班的高材生，可能不知道世界上還有一種屬於另一類資質比較普通、但也想學鋼琴的學生吧！難怪這名師上課的時候都處於憤怒狂飆的狀況，每次上完課都出現類甲狀腺亢進的症狀，我終於徹底了解了。平心而論也難為名師了，畢竟她教的都是音樂比較有天賦的學生，對於這種花比較多時間在讀書的學生，她也只能不斷的責罵，把她的不滿情緒遷怒到這些達不到她要求的學生身上；學生已經絲毫感受不到音樂的美麗，反而視上課為畏途。於是我把這爛攤子也承接下來。

＊

我花了近四個月在收拾前朝老闆留下的殘局，這時，因為房東被鄰居通報違建必須拆除，得面臨匆促關店的收尾。雖然心中有些許落寞，但是也好像是找到了解脫。這過程好像是闖關遊戲，關關難過關關過，雖然高潮迭起卻也令人傷神。我是個法律白癡，還好我先生略懂法律，他幫我去和房東、建管處、大廈管委、法官交手，又拖了半年才把事情搞定，在此也感謝我的先生如此幫我。

經過這件頂讓風波後，我清楚的知道，創業維艱，守成不易。以前我不信，總覺得只要在困境中披荊斬棘，流血流汗在所不惜終究會有成功的一天；現在我理念還是不變，但前提是要有一群好的隊友。好隊友難尋，豬隊友卻是難防。我現在做事的原則就是，如果我不是什麼好隊友，至少也不能成為豬隊友。抱持著這種心態再繼續回歸單純教學的領域，至少那是我熟悉的場域，對得起自己，也對得起家長學生，盡我全力傾囊相授，互有受益，那就是我快樂的泉源了。

18 就是音樂啊，不然那是什麼？

家長常常看到小朋友看簡譜彈琴就非常的反彈，我懂他們的焦慮。家長們擔心孩子只會彈通俗不會彈古典，或是擔心以後只會看簡譜不會看五線譜。家長常常把簡譜視為洪水猛獸，巴不得小朋友的課本裡最好都不要出現 123 這些數字，最好都是滿滿的豆芽菜而且越多越好，好像那真的可以填飽肚子，多食有益健康的概念，這確實是一個很讓人匪夷所思值得探討的問題。

我和學生常常在正統音樂教本裡面想盡辦法瞞著父母偷偷夾帶一些比較貼近生活的流行歌，宮崎駿動漫插曲或是卡農比較抒情的類型還在可接受的範圍，反而只要聽到一些台灣本土最貼近我們生活的歌曲，質疑是不是最好不去碰觸，好像用這種工具就代表沒有高尚的音樂素養，而這些流行的音樂又因為是順著市場風向常常淘汰率很快，所以常以簡譜呈現。我反而覺得，簡譜對音樂普及化貢獻良多，用這種記譜方式，讓看似高高在上難以入門的音樂，可以在很快的速度且很親民的手段讓大眾更能一探究竟。

音樂本來就是要撫慰大眾的心，音樂家採用五線譜去記錄音樂一定不是要把某群人考倒，製造對立，我想如果貝多芬可以用越簡單的方式呈現他的《月光》，他應該很樂意。

但不得不承認，五線譜可以非常精確的記載作曲家想要呈現的方式，傳授出更細膩的技巧；但如果簡譜可以讓我們先抽離那些天才作曲家呈現出來的複雜和聲，只單純的把旋律抽離開來，反而可以聽到作者想傳達給世人最動人最純真的元素，音樂就是音樂，不會因為簡譜的呈現就不是音樂。

古代的音樂在古代也是一種流行曲，我們身處於現在，吸取和古人不同的養分，快速變遷的生活和資訊都會帶來不同層次的衝擊。教育。科技、觀念、一直在隨著時間變遷，這些變遷會以不同的形式呈現在所有的創作當中，音樂，就是最直接的形式，難道大家不覺得音樂就像時光機一樣，扭開不同時期的流行樂，閉上眼睛聆聽，就能在那短短的一首歌的時間轉換到你想要的時空，這不是很神奇嗎？

現代的流行歌曲可以反映出我們這群生命共同體共同遇到的種種課題，當旋律配上我們使用的流行用語，更貼近生活在當下的人，用我們的母語去註解這些現代創作者產出的作品，配上也許是最新的樂器編曲，那才是代表我們曾經真真實實活過的世代。我們共同享受現代作曲創出的旋律，讓我們有共同創造新歷史的革命情感，這時代的創作成為代表我們曾經共創的歷史，所以流行歌才有如此深的魅力，因為感同身受。簡譜只是一種便捷的工具，他想呈現的也是音樂，不會因為用簡譜就登不了音樂殿堂，音樂就是音樂，只有好聽和不好聽而已。

現在回顧這些練琴的過程，認真地回頭想想，好像真的滿辛苦的。每次我規定小奏鳴曲程度以上較難的功課請小朋友好好練，我內心就會莫名其妙地替他們感到辛苦，心疼他們必須要看那些滿到快溢出來的豆芽菜，還要默背一大串的旋律。我不禁會反問自己，為何我沒有讀音樂系，卻可以一直苦練下去？也許是我壓根沒沒有把鋼琴當作是一種樂器，而是當成玩具。我每天想的是要如何把這玩具控制到聽我的話，我想駕馭這玩具，就像小男生玩樂高一樣，想要把每個零組件組成他們心中的最無敵的形象，為了操縱這玩具，過程雖非常艱辛，但征服它卻令我有無與倫比的成就感。

我也不覺得彈琴是什麼令人羨慕的才藝，我不用靠「她」來獲取別人的稱讚，我也不用靠「她」來讓人羨慕我，我就是在玩；我反過來還要感謝世界上有讓我如此愛不釋手的玩具，也感恩偉大的作曲家做出這麼多好玩的軟體（音樂），有快樂的、悲傷的、原始的、現代的、沉重的、輕快的、我想玩什麼就挑出來玩，玩得不亦樂乎，玩到我被自己的詮釋感動。愉悅了我的內心也愉悅了我的耳朵。前一陣子，我的耳朵有點耳鳴，我真的好害怕，怕有一天我沒有辦法再聽到世人創作出的美妙音樂。

有朋友問，你覺得眼睛比較重要還是耳朵比較重要，這是什麼超級爛題目，我真的不知如何回答，眼睛當然非常重要，沒有眼睛我無法追劇，無法操作 app 無法看好書，那也是世界末日的感覺；但如果硬要選的話，我真的超怕失聰，我不知道那世界會變得如何糟糕，我心中狂喊，「我不能耳聾的，不然我就完蛋了！」哈哈，但是我也不想失明啦，懇請上天眷顧我，讓我兩者都維持好的狀態，喔，是全身都健健康康，阿們。

*

偶爾和國高中的朋友見面，她們的口頭禪是，「如子，你最好了啦，都是你爸有栽培你彈琴，哪像我們欠栽培，不然我也可以像你這樣坐著就能輕鬆的賺錢了！」我很想反擊，我並沒有人栽培，難道你以為砸錢就一定玩得來嗎？不過冷靜想想也是，我怎麼會這麼的幸福，上天竟賜予我這麼好玩的玩具，我建議他們也可以買台琴讓小孩也玩一玩，也希望他們的小孩以後也可以像我這麼幸福得可以坐著賺錢。況且現在琴也不像以前那麼貴，如果預算不夠，先買電鋼琴也是可以的。不然把電鋼琴裡附的 demo 歌曲拿來聽聽欣賞一下，也不錯啊！

不久後卻是接到他們來電訴苦，說砸了一堆錢在小孩身上，自己每天辛苦工作後還得拖著一身的疲憊陪練，小孩子非但不感激還搞到親子關係非常緊張，問我該怎麼辦？我只能安慰他們，學音樂真的不是只有學技巧，如果學會聆聽、學會欣賞的能力，不是更難能可貴嗎？如果他棄學，但他至少學過，至少知道音樂是什麼，也許要經過十幾年的沉澱發酵，但他一定會從中獲得一些什麼，你的錢不會是白花，因為小孩至少擁有過這段經歷。

與其說學音樂的孩子不會變壞，倒不如說擁有欣賞音樂的能力，那才是無窮無盡一輩子也淘不完的寶藏啊。

我熱愛古典音樂，但我也愛欣賞現代年輕人創作出的作品，那些年輕世代以我們共同的語言和共同的生活經驗用心雕刻出來的毛胚就像一些待價而沽只需要伯樂用心去發掘、去拋光，新生代用音譜奏出我們生存的年代，唱出我們共同經歷的故事，凝聚彼此的認知，寫出我們身為人類在時間的軌跡裡共同品嘗共同走過壓縮成的音軌，只要打開時光機，就可以回到自己想念的時空，這不是很神奇嗎？打開音樂能回到過去偉大音樂家的年代，也可用音樂去了解下一代年輕人想探討的內心和世界，音樂就像文字一樣，鑑往知來。

我在想，每個人的心中應該都有屬於自己的一首歌，就像每部電影都有自己的配樂，每部動漫都有屬於自己的主題曲。以我們為主角，鋪在我們身後色彩繽紛的布幕，如果把屬於自己的配樂拿掉，那麼在你用心演出的每一個場景，即使你的演技再淋漓盡致，看起來也是味同嚼蠟，實為可惜。何不努力找尋屬於自己的歌曲，豐富人生的色彩，創造屬於自己的舞台。

19

難忘的小學樂隊

對我來說，每個學生都是我的寶貝，我想把我以前學琴時跌跌撞撞許久卻還是還搞不懂的問題，用比較淺白的字眼來陳述，讓學生有脈絡可循。每個學生對音樂的理解不同，我採用的教材就會因人而異。

說實話，初學的小朋友最難教，也最枯燥，視譜這麼無聊的事情，都要編一套很蠢的童言童語讓小小朋友容易吸收，例如，哎呀，我們看到長得像小鳥媽媽（高音譜記號）是要用哪手彈啊？看到蝸牛叔叔（低音譜記號）要用哪手彈啊？這類很幼稚的話語，還要自創很多童話情景，小小孩才能記住那些煩人的豆芽菜。教得最有成就的學生是指法已練得不錯，彈得夠多曲目，可以真的一起探討各個音樂家為何創造出不同風格的旋律，深入到音樂的核心，有時會從曲風探討到音樂家性格，創作動機，歷史背景，一起討論聽完的感受聊得不亦樂乎，就好像洗了一場三溫暖，這麼舒暢，以至於不知不覺超時上課卻都甘之如飴。

我的工作中很多雜務必須一手包辦，自己接電話，自己喬時間，自己依學生程度決定教學的方向，也要獨自一人承擔所有的責任，一不處理好，飯碗可能就不保。說好聽一點是自給自足，說難聽一點就是自生自滅，成也在我敗也在我。我不像很多其他老師，家裡財力足夠可以把教琴當作副業，雖然我熱愛教學，但是其實壓力也不小，反正就是SOHO族的概念，說好聽是自己當老闆，但若是沒case就是要喝西北風。即使我在音樂教室或飯店工作，只要學生或客人沒跑掉，基本上，老闆都不會對我有太多的干預。但我沒想到有一天我竟然必須同時面對四個機車上司對我的頤指氣使。

＊

和一位台北市某所地處北投較為偏遠地帶的小學校教務主任有過幾面之緣。某天陳主任撥了一通電話，很誠懇地邀我去他們小學擔任音樂兼節奏樂隊老師。心裡盤算了一下，反正白天也閒在那，帶節奏樂隊倒是個滿具挑戰的工作，而且我了解陳主任，他是一位對教學很有熱誠的老師，衝著他的面子上，我也要排除萬難，兩肋插刀，陳主任既然這麼有誠意，加上我滿喜歡小朋友的份上，鐘點費雖低，我也欣然地接下這擔子。

厚厚，不要小看這台北市偏遠沒有幾個班級的的迷你學校，待我進一步對它有更深的了解後，才發現，這學校因屬於台北市的管轄，資源可不比別的市區學校少，該有的軟體硬體都不輸我家對面的那所市區小學。它的廁所屬於五星級飯店的等級，貼著極具藝術性的馬賽克磁磚，採光充足，且配有專人打掃的廁所，我從來沒有在裡面聞到一絲絲不好的味道，甚至還飄著花香呢。

這學校還配有一間鋪著溫馨木地板的圖書館，擺設的書都幾乎九成新，還是很 fashion 的《哈利波特》，還訂有《國語日報》、《中國時報》、《聯合報》（沒幾個小朋友看，反而是我們兼任老師看得最兇）。再來說他們的營養午餐，學校內配置廚房，不知道是不是因為靠近山區，每次的配菜都好可口又新鮮，可能是剛採收下來就直接運到學校吧，我訂了學校的營養午餐，真的覺得吃完都營養起來了。

身為節奏樂隊老師理所當然要好好清點一下前朝申請下來的樂器，以備方便編制樂隊，這時驚人的事情來了，我永遠都清點不出這學校到底有多少樂器——整個櫥櫃塞滿無數殘缺不全或只剩口琴而沒吹嘴的口風琴，還有兩台價錢不斐的手風琴，三角鐵有的沒提手有的沒敲擊棒，有小鼓但沒鼓棒，還有兩台電子琴，但是找不到電源線……這可如何是好。很慶幸的是，陳主任說我有四個幫手，（羅主任、訓導住任、前樂隊老師、校長）天啊，我可以請這些大頭來幫忙那真是如魚得水啊，真是太感恩了，對我這麼友善的環境，我一定傾全力把學校樂隊帶起來。

應該先不用麻煩到校長，請前樂隊老師告知我樂器總數好讓我安排樂器的配置，呼——地衝到一年級的教室（前樂隊老師轉任一年級班導），這美麗的班導一聽我是接她的下一任節奏樂老師，頓時緊張起來，一直閃躲我的問題，後來禁不起我的一再糾纏，竟然告訴我她始終也搞不清楚樂器的數量！這是……好吧，那請問你之前帶的樂隊吹過什麼歌？美麗班導似乎終於想起要交代什麼東西給我，連忙從櫃子裡掏出一本超厚的資料夾，這是我們練過的歌，對不起，我要上課了。喔喔，好，這就夠我們複習了。

吃完中餐，訓導主任羅老師用他一貫尖銳暴怒的聲音透過麥克風大聲的怒吼：「節奏樂隊小朋友馬上到禮堂集合……否則後果自行負責！」羅老師迅速抵達禮堂，手插著腰呈現茶壺的姿態，臉上充滿怒不可抑甚至閃爍著快噴出火舌的眼神，脖子上青筋暴出，眼睛好像也要彈出來甚至充滿血絲，我懷疑她是不是有甲狀腺亢進。這時我很想把巫婆帽戴在她頭上，然後遞一把掃帚給她，我心想應該也不用化什麼特效裝就可以秒變身成為巫婆吧。這時一個很無辜甚至不知道自己是樂隊的小女生姍姍來遲，好一個替死鬼，殺雞儆猴更待何時，巫婆趁這時候把她罵到體無完膚，全樂隊就眼神空洞的站著看著巫婆罵人，我請巫婆息怒，她還說這是在幫我。

一整堂課，我沒問到樂器種數量，反而都沒上到課。我很想問，這是在幫我嗎？巫婆在全樂隊同學的面前用惡毒的話語把那小女生彤彤嚇到滿臉淚痕痛哭失聲後，滿意的轉過頭對我說，「看，我已經幫你管好秩序了！」隨即一個華麗轉身，消失在走道上。

我的媽啊，這是在幫倒忙吧，難道你不知道小朋友是有自尊心的，況且是個小女生！面對著一個個臉色鐵青身體僵硬的小朋友和一個哭成可人兒的彤彤，不知該如何是好。我和這些小朋友原本就熟識（因為也擔任音樂老師）下課後，小朋友知道我好說話，紛紛憂慮地跑來說不想加入節奏樂隊，說什麼有羅老師管他們就會死得很慘之類的傻話，我只能拼命安慰他們，慰留他們，稱讚他們是學校菁英、能者多勞之類的，還要掛保證以後不會發生類似的恐怖事件，小朋友才從哭喪臉轉成笑臉。

隔天，聽彤彤父親說，彤彤回家一直哭，連睡覺也會驚醒，所以被送到輔導室去了。我一聽，想一想她會這樣我應該也要負一些責任，連忙跑到輔導室關心。我費了九牛二虎的力氣，安慰到口乾舌燥，直到彤彤破涕為笑，我才放下心來，我真的不願意看到小朋友在學校心靈受到創傷。沒想到羅老師幫的忙就是「罵學生」，索性以後不找她「幫忙」了。

前樂隊美女老師和巫婆羅老師都無法真正地幫到我，我只好請學生來幫我清點樂器，十把口風琴中，有三把沒有吹管，五把吹管是破的無法吹，必須要請學校另外採購，否則節奏樂隊是無法成軍。果真如預測的，採購的是訓導主任說那是羅老師的事，羅老師說是訓導主任的事，請問到底是誰的事？難道是我的事嗎？天真的學生還不解地問我為何要到處奔走，何不自掏腰包不是更省事？哈哈，是何不食肉糜的概念嗎？迫於形勢，使出最後殺手鐧，我鼓起勇氣大步的踏進校長室，畢恭畢敬的說出我的不滿，還好，上天垂憐，校長溫柔的要我不用操這心，她會解決這件「鳥事」。

又隔一天，巫婆羅老師一反常態，笑容可掬地把我叫到一旁，用柔情似水的語氣對我說，「哎呀，黃老師，要八個吹管也沒多少錢，就直接跟我申請就好了啊，幹嘛跑去校長室啊！」我也嗲聲嗲氣的回她，「哎呀，你好忙喔，我想這種小事怎好意思勞煩到你啊，你說對不對啊？」我們彼此高來高去的，反正我也知道她不是個什麼值得尊敬的老師，她值得敬佩的地方就只有那超高分貝叫罵聲和那尖酸刻薄的那張嘴。

十支口風琴都到位之後，我請小朋友複習美女老師上學期教過的樂曲，所有小朋友竟異口同聲的說，我們都沒吹過這些歌？嗯？這？不是你們吹的還會是誰吹的？沒想到迸出一句，「我們都不會吹啊！」阿咧，這是啥情況，那美女老師厚厚的一本樂譜是在交接假的嗎？我無力去找美女老師爭辯，我知道必須從頭教起，我已經充分理解為何這學校沒人敢接這節奏樂隊了，好，反正鐵杵終究有磨成繡花針的一天，老娘跟你拚了，放馬過來吧，我差點捲起袖子，撩起褲管，孩子們，我們一起衝吧！

我精挑細選了德弗札克的《新世紀交響曲》這首名曲，一來這是慢板，二來這首歌視譜對小朋友是不會太艱難，種種的優點。禮堂很大，不同的樂器發出不同的音頻，小朋友提出想到另一個角落去練習，我說只要不超出我的視線範圍，各自都可帶開練習。小朋友練得很認真，我則把始終都無法克服視譜的小朋友叫出來個別指導。因為口風琴、笛子、手風琴、大鼓、小鼓各自帶開練習以至於現場會呈現非常吵雜的景象，雖然吵，但是每個小朋友都很投入，以我個人來看，吵雜是必經的過程，最終只要各聲部合而為一展現群隊的精神合奏出這首曲子，那才是重點。

當我穿梭於各組樂器間賣力指導時，巫婆又神出鬼沒跳出來「幫忙」，用一如以往一樣的分貝大聲叫罵：「你們這些學生在搞什麼鬼，憑什麼坐著練直笛，是沒腳嗎？為什麼沒有排排站好，一點都沒規矩，還躲在角落幹什麼？以為在躲在那裏就沒看到你們偷懶嗎？全部給我過來，按照高矮排出個像樣的隊形，還吹還吹，給我安靜！」奇怪，你要他們認真吹、又不要他們發出聲音，這是什麼奇怪的邏輯。

在詭異的氣氛下，小朋友不知所措地碎步移動到大禮堂中央，你看我我看你的。這時，我不得不鼓起勇氣，勞駕巫婆到旁邊跟她解釋，樂隊不能用高矮來排，而是要用樂器來決定隊形，解釋一番才化解這尷尬的場面。我不能再讓小朋友嚇到。巫婆悻悻然丟下一句，「好吧，不要說我沒幫你喔！」這堂課又泡湯了。後來我終於搞清楚，為何巫婆這麼愛插手樂隊了，原來她是負責人，如果樂隊生不出表演節目，並不是我的責任，巫婆和訓導主任必須要負起全責，呵呵，難怪。頓時讓我壓力減輕一半。

*

學校位於山上的半山腰，冬天真的非常冷，寒流駕到，外面還下著冷冽的冰雨，手都快凍傷了，老師和小朋友說話時甚至還會吐出白白的煙霧，我則會待在音樂教室把門窗都緊閉，以免冷冽的寒風直咧咧地吹進教室。

漸漸的，春天腳步近了，太陽煦煦的和著清涼的微風，感覺過了個冬眠，山上的杜鵑花特別清香，空氣裡飄散著清涼春天的香氣，比山下的氣味更是清甜。我設計著一年級的藝術與人文課程，決定用耳熟能詳且簡單就能達成認識一拍二拍的認知，我選用了《聖誕鈴聲》（*Jingle Bell*）。這些小朋也正可愛的唱著我抄在黑板的樂譜，一邊用手搖鈴來分辨一拍二拍的時候，偉大的校長出現了，在教室後面觀摩我上課，一待就是一整節。

正當我很滿意學生都可分辨一拍二拍的符號時，校長靠到我身邊好心的提出她自認為很好的餿主意。校長說：「黃老師，你看今天天氣外面有下雪嗎？」我愣了一下，這是什麼問題，我說，沒有啊，天氣很好啊。校長說：「這就對了啊，這麼好的天氣，又沒下雪的，你怎麼會選這首下雪才會唱的歌呢？那不是很奇怪嗎？還有，你樂隊教的那首歌怎麼奏出來像告別式的歌又死氣沉沉的，很難聽耶。」我心中很想怒吼，請不要不懂裝懂好嗎，那可是德弗札克的《新世紀交響曲》！接著校長又說，這是一種情境教學你懂嗎？我謙虛說：「請問校長有何高見，可否說出來讓我參考一下呢？」她說，你看《小蜜蜂》啊，蝴蝶蝴蝶生得真美麗啊，這些都比 *Jingle Bell* 好很多啊。

厚，我以為會有什麼石破天驚的好答案，我的內心 OS：這兩首有比《聖誕鈴聲》高明多少嗎？還有你知道你剛剛批評的像死人歌的可是德弗札克的世界名曲嗎，還有，難道樂隊一起步就要馬上練很快速的進行曲了嗎？每個小朋友都是音樂天才嗎？我知道！妳們有你們的苦衷，要馬上讓家長看到成果的立場，但是這是揠苗助長，只把學生當作社團的宣傳工具。還有照你的理論，小朋友永遠都不用學到一閃一閃亮晶晶了，因為學生晚上應該不會還待在學校上課吧！

但我也不會笨到和校長槓上，我很客氣且謙卑地說，「校長所說甚是，請校長一定要給我二十分鐘，我現場馬上演示給校長看，請校長不吝賜教。」我立刻手刀衝到鋼琴前面演練，現在呢，是春天，所以我們可讓小朋友聆聽孟德爾頌的《春之歌》，然後韋瓦第《四季》呢也可以套用進去，我馬上用鋼琴彈奏一次並講解給校長聽。如果今天是打雷的天氣呢，我們可以帶入《雷鳴進行曲》，或貝多芬的奏鳴曲《暴風雨》（*Tempest*），那到了秋收的時候我們也可以用舒曼的《快樂的農夫》，這首歌右手噠噠聲代表農夫快樂的腳步，左手呈現主旋律，冬天呢……劈哩啪啦的一股腦現場彈奏現場說明歌曲情境，嘩啦嘩啦地把校長逼到毫無招架之力，校長忽然之間從口若懸河變成悄然無聲，訥訥的一直藉口要走。

我故意一直拖住她，逼問對這些 idea 是否喜歡，如果不喜歡我還可以改另外一套教法，還是校長另有更好的方案。我想我那時一定很機車又很欠揍，校長身體一直擠向門邊，一副要溜之大吉的態勢，我還假意慰留。這絕招，讓校長以後不敢再出什麼鬼點子。事後想想，我真的很壞，我就是抓住她並沒有管轄我的權利的痛腳，才這麼猖狂。

那時不知為何，這些頭頭三不五時就要大駕光臨位於大禮堂節的奏樂隊狂向我探聽進度，難道是閒來無事幹嗎？我還傻傻天真爛漫的說慢慢來，總是要給他們一些時間，畢竟樂隊成軍才不到兩個月。後來這些頭頭三番兩次用關切但略帶強制的語氣要我報告進度，而且頻率越來越密集；不得已，主任才明言，三個月後，要我馬上生出兩個節目。靠么，不早講，我邪惡的猜想，這一切都是陰謀（雖然不能完全斷定）。

一來，為何這麼小的學校也沒幾個班級，卻充斥著這麼多盤點也盤點不出來的樂器，況且這些樂器都不便宜，光那幾把手風琴應該就好幾萬，還有好大一台的專業木琴，但後來都放置在禮堂裡裹上一層厚厚的灰塵，琴棒也不見了，派不上用場，甚至可稱為大型垃圾。我想，可能是前朝急功好利以至於編制過多預算，想成立一個名目好聽的節奏樂隊，經費編制下去了，總不能荒廢不用，否則下次可能會刪除預算，補救的方法就是請我這鐘點費很低的外派兼任老師搞出個節目來塘塞，消耗預算。二來，學校想藉特色社團提高能見度，成果發表好或不好又關係到主任的考績，所以這些主任時不時都要監視我的進度，沒事的時候假意過來幫忙關心，但真的有事要麻煩她們的時候又一個個互相踢皮球，所以表面上我有好幾個上司可幫我，其實是很多人施壓。

我終於了解這箇中的巧妙之處了——原來該著急的是這些頭頭，我根本可以打混摸魚，因為成敗我完全不用負責。我一改以往小孬孬疲於報告進度的窘境，每次頭頭來的時候，我便淡淡地說，喔，成果應該出不來喔。於是情勢逆轉，主任們急得跳腳，一下苦苦哀求我一定要生出產物，一下用激將法說我不認真教學。我心裡很明白，我只是看不慣這些爭功諉過的教育體制，只想要成果不考慮小孩有沒有吸收，一切以成果論（雖然我知道這很殘忍又寫實的社會面向）。我雖嗤之以鼻，但我不會對不起學生（混水摸魚我實在是幹不來）。雖然不想成就這些想記功嘉獎的頭頭，但我會摸著良心好好地用力的經營樂隊。

到成果發表會那天，沒見過大場面的小朋友都很緊張，我也不輕鬆，我告訴和我一起奮戰的小戰士們說，這幾個月你們盡力了，如果你們表演不好，是老師我的責任，你們就照往常練習就好，表演完老師請大家喝 50 嵐，好不好？小朋友大聲地歡呼「老師不能騙人喔！」我堅定地說，「絕不食言」。

我們的表演獲得滿堂彩，也是全校最有看頭的重頭戲，我以小朋友為榮，下台後，校長和兩位主任眉飛眼笑的，彷彿記功嘉獎就在眼前，心中真感慨萬千。真的讓我快樂的是很多家長來跟我說，看到自己的小孩竟然沒有學任何樂器的情況下，可以在樂隊展現出自信的一面，是他們從沒想像到的，我頻頻誇讚這些小孩是樂隊靈魂，如果沒有他們的努力，節奏樂隊就是空殼，我才要感謝這些小朋友哩。隔天，50 嵐送到學校，我們都好開心喝著這得來不易的飲料。

我清楚地記得表演前幾天，頭頭更加頻繁地視察，那時最重要的大鼓鼓棒被幼稚園老師搞丟了，我實在不得已硬著頭皮再麻煩兩位主任處理，果然，還是繼續踢皮球。小朋友一直焦慮怎麼辦，我竟然脫口而出「哎呀，不用緊張，就是鼓棒而已嗎！還不簡單，到時拿掃把當鼓棒不是也很有創意嗎，哈哈！」樂隊小朋友哄堂大笑，我們真的就拿掃把當起鼓棒來了。這時主任經過嚇到差點又變身巫婆，但她也知道這時最重要的事不是生氣而是快點變出鼓棒，果然不出我所料，表演當天，鼓棒及時生出來了。呵呵，只有這種時候效率有如波音飛機般的快速。

*

在學校任職音樂老師兼帶領節奏樂隊，全校的小朋友，我幾乎都認得，和節奏樂隊的小朋友更是有著革命情感。小朋友從面有菜色加入到合作無間，甚至後來一天到晚纏著我問我下一次要挑戰什麼曲目，讓我成就感十足。但是我知道如果我再繼續待在這學校，只會變成產出成果的機器，往後可能會有更多的爭功諉過的情形發生。學期末，我跟邀請我來學校的陳主任遞出辭呈，陳主任也知道我被剝削地很嚴重，他不諱言的說，節奏樂隊其實是學校的燙手山竽，他能理解為何我選擇離開，我們互道感謝。陳主任並不用處理節奏樂隊的事務，但他卻是幫我最多的貴人，當我需要人手時，該負責的都逃之夭夭，就只有他實質的幫到我的忙，小朋友被巫婆罵到紛紛要退團的時候，也是我和陳主任兩個共同合力才把小朋友的心穩住，哪像巫婆，我只能收她的爛攤子。

離開學校後，突然想起我該交接樂譜給下一任樂隊老師，剛好我為學生拍照的 Nikon 相機放在學校忘記帶回家，找了一個好天氣，想要辦交接和拿相機。警衛還記得我，自動放我進學校，沒有聽到樂隊的聲音反而只聽到巫婆高分貝的叫罵聲，靠近一看，好眼熟的情景，又是一個個帶著害怕鐵青著面孔的小朋友，動也不能動，一吹錯就被罵到體無完膚，讓我好不捨。

我向巫婆打招呼說要拿回我的相機，但巫婆已經甲狀腺亢進到極點了吧，只僵硬的點點頭。一下課，所有樂隊學生跑到我面前哭訴，問我為何要離開學校，其中一個最優秀的小朋友竟然一把鼻涕一把眼淚跟我說，因為這樣，她甚至想轉學。我不知道事態會這麼嚴重。取完相機之後，遇到陳主任，我順便跟他提是否要移交樂譜給巫婆，陳主任語重心長地說，算了啦，不要管巫婆，既然她認為自己最厲害，就讓她全權負責，不用幫她了。

離開學校時，有那麼一點點報復成功的心態，但是又有點感傷，這時山上飄過一團雲，我的心也灰灰的，好像我拋棄了這些可愛的小朋友。

看見M型社會的感觸

我上課的對象不限於小朋友，還有出社會後仍想一圓鋼琴夢的成人，年齡層遍及老中青，從五歲到八十歲都有。

通常五歲以下的幼兒，我都會勸父母先不要浪費錢，就多讓小孩聽聽兒歌，或唱唱歌跳跳舞，那就是最好的音樂啟蒙了。但是還是會遇到有錢多到不花掉手就會癢的家長，我就會建議他們讓小朋友去上幼兒律動班，打打鐵琴敲敲木魚（除非遇到音樂神童另當別論），效果還比一對一好，不然對老師和幼兒都是一種酷刑。

七十歲以上的銀髮族多有心學，但通常教起來會比較吃力，除非他們有學過一些其他樂器的運指，不然通常會遇到無名指和小指無法使力的情況；畢竟我們第四指和五指單獨運用的機率相對少，我想不出來四、五指單獨使用的機會，是戴戒指和挖鼻孔嗎？喔，對了打字應該也算。

有位八十歲學生，是一家很有名氣的男用內衣品牌的女總裁，超級可愛的希望我教她只要運用大拇指和食指中指就可以彈出她想要的《綠島小夜曲》，這……好像有點難度。

八十歲女總裁果然霸氣，對我說，「老師，你不要拘泥小節啦！你看，我幹到總裁什麼大風大浪沒見過，你看，我的前三隻手指都很有力，兩隻手加起來就有六根手指頭，還怕這首短短的老歌嗎？」聽起來頗有幾分道理，況且老奶奶八十歲了，總不能讓她耳朵還沒享受到音樂，就讓她的手指脫臼，於是想盡辦法讓她只用大拇指、食指、中指三指練出她的愛歌，這也是讓我印象深刻。而常遇到的小學生和中學生，在他們身上我得到教學的成就感那真的太多太多。而一些社會人士讓我體驗到完全不同的人生哲學，也許我們比較沒有進度的壓力，有時還會分享彼此對事物的看法，甚至變成朋友。

讓我印象很深刻的是一位住在東區的超級貴婦，這位貴婦特殊的要求是指定要非音樂系老師上課，上課前還再三確認我不是音樂系的才放心，我當時還很納悶為何要限定非音樂系。東區貴婦給我的印象就是擁有傲人的身材加上一雙水汪汪的大眼睛，一進到她的屋子，並不覺得非常特別，只感覺她家的設計非常的歐化，家裡的布置和色調非常有特色，尤其是那一片超大的紅橘色牆壁（聽說是歐洲火紅的一種色調，還找來專門調色的油漆師，費了九牛二虎之力才調出來的）。這面台灣罕見的牆前面擺設了豪華平台鋼琴，周邊又擺設了像是凡爾賽宮才會出現的法式貴妃椅，加上透明玻璃前點綴著垂墜式若隱若現的珠簾，別有一番典雅神秘的氣息。課上到一半，我想找洗手間，竟然遍尋不著，原來廁所竟然像密室一樣，必須要推開一道牆壁，真是太像古墓派小龍女住的地方了。

和貴婦比較熟後，我覺得這房子比小龍女住的古墓更加深不可測。某天在貴婦帶領下到了她還在國外唸書女兒的小房間使用印表機印樂譜，貴婦忙著列印，好奇的我看到往上延伸不知道多深的迷你旋轉樓梯，我隨口問，這小梯子上面還有房間嗎？貴婦說有啊，你自己參觀，我在忙。

樓梯很小很窄，我小心翼翼踩上樓，裡面竟然又出現一個閣樓，空間又再小一點，但還是有大約四個塌塌米大小，布置得很精緻，應該算是很棒的雅房，甚至還有透明天窗可以晚上看星星。我說躺在這看星星會是多麼幸福的一件事啊，貴婦毫不猶豫回我，「那就來我家住一晚啊。」真豪氣。

感覺不可能再有一道門的時候，推了一下，又是一扇暗門，裡面擺了一張更小的床，正在不可思議的驚訝中，我的手往右邊牆推了一下，門又開了，出現一間擁有按摩浴缸的浴室，天啊，是我見識太少嗎？這是猶太小女孩安妮藏身的小閣樓嗎？太奇妙了吧。

在我大驚小怪的叫嚷時，貴婦淡淡的說，才好笑哩，上次有建管處的人來查看，還傻傻地都沒發現裡面別有洞天。我說，你的房間也是這種設計嗎？說著說著貴婦領著我到我原來就進去過他的臥房，真的，一扇門裡又有一扇門，我下巴都要掉下來，貴婦卻淡然的說這很「普通」。我實在不好意思再要求參觀，免得以為我有何居心，到現在我還是不知道這房子裡到底隱藏了多少個房間，我想如果安妮隱身在此，應該會非常的安全。

我其實很不懂，為何貴婦家竟然沒有鎖門，大家都可以來去自如，常常上課上到一半，就會有名人推開她家的門逕自跑到廚房泡個咖啡，而且常常都是叫得出名字的議員、音樂家或購物專家。剛開始我還警告貴婦這樣太危險，貴婦回我：台灣治安最好了，哪會危險？我說我如果是小偷，知道你家沒上鎖，我搞不好把你搬光你還不知道哩。

貴婦眨著她大大的眼睛說：「那你就搬啊！」一然後和她的名人朋友一直笑我想像力太過豐富。是我太謹慎還是台灣治安真的好到爆，我已經搞不清楚了，好吧，真是太安全了，久而久之來來去去各式各樣的名人或奇人（甚至還有超有名的音樂家和從美國來的知名財經專家）出現在她家我也見怪不怪了，後來這些在貴婦家的所見所聞都變成我豐富人生的一部份，算是很有收穫。

貴婦擁好幾間坐落於信義區的房子，範圍大約都圍繞在敦南 Sogo 附近。也許是單身的關係，也住不到這麼多房子，於是她把一些房子出租。某天，貴婦匆忙的跟我請假，原因是有人要來看房子，一說出要來看房的租客竟然是大名鼎鼎的電影明星，我竟然有種衝動想殺到貴婦家請這大明星簽名。我好奇的問租金是多少。答案是一個月至少要三十萬，當我聽到貴婦說出這數字時，突然覺得這世界為何如此的不公平啊，真是無語問蒼天。沒想到經過這次刺激後，過沒多久，我又遇到一個比貴婦更加富有的人家，才知道一山要比一山高，人比人真的氣死人。

那是一位低調的七十歲陳太太，請我當家教，地點位於台北天母天玉街的其中一處社區。我知道這一層基本上都要上億，心裡正想著還好有接受過貴婦的刺激洗禮過後，上億豪宅再也不會嚇到我這市井小民了。

陳太太住在十八樓，每次都有保全帶我進入，奇怪的是，保全帶上十八樓打開電梯門時候，又再出現兩個儀容端莊的俊男在門口等候我。我也以為只是所有保全剛好都出現在陳太太家門而已，猜測可能是送包裹或修理家電的員工，但經過了幾次上課之後，我才知道原來這兩位西裝筆挺的俊男一個是陳太太家的司機，另一個是她老公的司機。我好奇的問陳太太為何一個家需要兩個司機，她輕描淡寫的說，因為她和她老公要忙不同的事，所以都各自配置一個司機。聽得我似懂非懂，但只能傻楞楞的假裝理解的猛點頭（其實那時我還是不理解）。兩個年輕司機的工作就是待在十八樓門口隨時待命，再加上家裡還配有打掃傭人，等於我看到的這層樓已經雇用了三個幫手。

這已經夠讓我瞠目結舌了，沒想到好戲還在後頭，我好奇地問陳太太為何還有個延伸到樓下的樓梯，難不成還有地下室嗎？陳太太隨口說，「喔，十七樓也是我家的。」

喔喔，真是豪門啊，我不知道要接什麼話，訥訥的說，還好你們家不在十九樓，因為頂樓很熱。這時陳太太說，「喔，那也是我家，從十六樓到十九樓都是我家。」

從那刻起，我領教到什麼才是真豪門了，貧富差距實況非常真實的呈現在我眼前，而不是只是新聞播報的那些冷冷的統計數字，剎那間真的覺得有一句話形容得真貼切，「人比人氣死人」啊。這時陳太太已經取代了貴婦，在我心中榮居豪門第一（後來才得知是夫妻兩人都是台灣前幾大集團的總裁）。

騎著摩托車回到了我小小而溫暖的家，撇見我家的狗窩在用 Momo 紙箱做狗窩的那一幕，心中真是五味雜陳。但是我還是最愛我家了，雖不大但好溫暖，我安慰自己，哼，住那麼大房子晚上一定很恐怖。有這麼多僕人在旁邊，一定沒個人隱私。落地窗那麼大，太陽下山西曬一定很熱，想想這些缺點，我心中舒坦多了，哈哈，好幼稚。不過，我真的覺得我家是最好的。

會遇到豪門當然也會遇到怪咖。教學遇到最扯的一個案例就是小君。

＊

小君出現在我面前的那一刻，是母親當保鑣護送她來詢問課程。小君一頭烏黑的長髮，是個剛從高職畢業的年輕小女生，長得秀秀氣氣的，講話輕聲細語溫柔而客氣，不時的詢問我是如何從不是本科系畢業的卻可以進入音樂教室擔任老師，假如她很認真練琴可否也可以像我一樣靠演奏維生？我實在無法很確切的回答她的問題，畢竟個人的造化不能一概而論，況且我也不知道她的認真學習是什麼程度的認真法，我只能說「有機會」，再說我也不知道你的程度如何，我真的無法保證。這時她媽媽激動地跳出來細數小君從小如何的努力認真彈琴，甚至還會彈〈給愛麗絲〉。

喔喔，每次家長提到小朋友會彈這首台灣家喻戶曉的貝多芬名曲時，就會有一種莫名其妙的優越感（我小時候也是這樣認為啦），但是都會讓我很傷腦筋；這首歌可以彈得很好也可以彈到爆爛，甚至有的學生只能彈前面那一頁，後面就完全不行，我實在無法確定她的程度，於是請小君親自示範好讓我判斷。沒想到小君一頓推託之詞，就是不願意示範，在小君堅拒我的提議時，母親不知哪來的自信心掛胸譜保證，小君不用示範也一定是最優的，理由竟然是「我覺得很好聽啊。」喔喔，心裡只覺得這對母女真的很寶。

我們認真的討論了將近一小時多，竟然是在爭論需不需要彈給我聽。真扯，沒遇過這種天兵。目送這對天才母女離開後，覺得著實浪費我寶貴的時間，這個怪 case 應該是不成的，只能安慰自己如果成了也應該是滿棘手的。隔天，一大早，睡眼惺忪的我被門鈴吵醒，小君竟然沒和我做任何確認，就帶著學費興沖沖的跑來我家說要上課，挖咧，好無厘頭喔。我說，昨天我們有確認要上課嗎？小君天真可愛的回：「我沒有說不上課那就是要上課啊」。好個突兀的第一堂課，有點被驚嚇到，感覺小君的口氣是我不對，沒放在心上，我又小孬孬的說，「喔喔，那真不好意思喔，可能我昨天沒聽清楚吧，哈哈。」心理出現一連串的圈圈和叉叉。

她開心地坐到鋼琴前面，說昨天已經惡補好〈給愛麗絲〉了，現在已經可以詮釋整首給我聽了，那我拭目以待。小君才彈不到四小節，我知道我完蛋了，收到一個自我感覺超級良好的學生，不知道該哭還該笑，很想跪在地上請她不要來上課了，不是我怕誤人子弟，而是怕她砸了我的招牌。

看這「扮式」（台語）和她媽媽說的完全不符，何止是差，真是奇差無比，還留著長指甲。請她剪，她卻無辜的張著大眼睛對我說，「我覺得沒有差啊，不剪我也可以彈得很好，老師，請不要小題大作。」

我花了近半個鐘頭勸說她指法的重要性，她卻又回我：「老師，請忽略這件事好嗎？你只要說我彈的音對不對就好了。」我不想浪費她的時間，直接打臉她，想要去音樂教室當老師應該是不可能，小君說：「老師，你不要馬上否定我，我會努力證明給你看，老師請你先示範一下這首好嗎，我聽完自己回家練。」於是，時間又過了三十分。這堂課就在小君指指點點要我示範這首示範那首結束了第一堂課。下課前，小君還用讚揚的眼睛對我說：「老師，你好強喔，都考不倒，我跟對人了。」我傻眼了，我教學這麼久，沒有遇過這種學生，這個很機車的學生到底是怎麼養出來的啊，我開始好奇了。

接下來的每一堂課，小君無止境地要我演奏給她聽，也不停地給予我掌聲——如果我的每個學生都這樣上課，我是很輕鬆，不只不用生氣的對不練琴的學生鬼吼鬼叫，還可以利用上課的時間自己彈琴，多爽。但我實在是覺得愧對她父母繳的學費，基於不想愧對天地良心，我嚴肅地提醒小君一定要自己彈，苦口婆心好說歹說，小君也發誓要「洗心革面」，下次一定照我的方式好好的練琴。但是，下一次上課，情形還是一樣。詭異的是，我打電話給她父母說明小君應該要改善的地方，以免白白浪費學費，小君的父母的回答竟然是要我順著小君，他們堅信小君有自己的考量。OK，既然金主都這麼說了，我就輕輕鬆鬆地賺這學費也無愧於自己良心了。

小君常常漂漂亮亮的出現在我面前，但是只要靠近她一點，就會聞到一股很濃的異味，類似狐臭、頭垢、香水、化妝品混雜在一起的複雜氣味，不只臭還有點腥，於是我每次上課時都不太敢大口吸氣，只希望她在「點」歌時，不要靠我太近。小君長得不錯，最厲害的是可以靠美色跟男生要到一些「好康」。某天，我們需要印譜，7-11 離我家至少來回估計要花二十分鐘，沒想到不到十分鐘小君就回來了，還說都一毛錢都不用花。我問她怎麼辦到的，小君說「老師，你的頭腦怎麼這麼硬，你家附近有一家××仲介，你想想是仲介一定有影印機，難道你不會利用一下嗎？你身為女人就要知道我們女人的優勢，就ㄋㄞ一下，省了三十元耶，何樂而不為？反正仲介也不差這些小錢啊。」一天啊，我從來沒想過這種方法，在小君的眼哩，原來我是個槌子（台語），小君把三十元放進我手上時，得意全寫在她的臉上，而我的臉應該是呈現出看到世界奇景的表情吧。

就這樣毫無進度的課程持續了三個月後，小君給我打了電話說找到更好更適合她的老師，意思是她想跳槽。我想也好，總不能都沒進度還一直收人家學費，也挺不好意思的，真心恭喜她找到適合她的老師。小君在電話那頭說，「我這新的男老師說只要我繳七萬元就保證讓我成為鋼琴老師，而且還特別算我便宜，只收四萬耶，真的對我很好。黃老師，可以勞駕你來我新老師這邊參觀順便聽我彈琴好嗎？拜託！」

唉，看在她繳了三個月學費，在我身上又什麼都沒學到的份上，就去探個班好了，當作是我對小君的彌補。不去還好，去到那男老師家，我一看就知道是詐騙。傻傻的小君彈得一手爛琴，還時不時用身體黏住老男人問可不可以快點讓她成為音樂老師，老詐騙醜男一臉色瞇瞇的說，當然可以啊，你再努力一點就可以了。想到那噁爛的畫面，當晚我主動打電話給小君，跟她說我覺得那是詐騙，但小君始終不信，只一直做她當音樂老師的春秋大夢，那就當我多事好了。只希望她不要被騙財騙色。

大約半年後小君打給我，證實了我的猜測，我是不知道有沒有被騙色，但確定的是一定有被騙財。小君終於說，黃老師，我覺得你說的是對的，想當音樂老師真的不是花錢就可以了，是要腳踏實地練琴。好有哲理的一句話，但這不是小學生應該就知道了嗎？心裡 OS 你現在才知道這用膝蓋想就知道的道理了。小君又把希望轉回我身上，但這次是要我到她家去上課，想想不賺白不賺，況且距離我家也很近，重點是小君可以上午上課，時間上對我是有利的，於是我又變成小君的老師，只是上課地點換成她家。

小君家開水電行，透過玻璃窗可以望進去裡面充斥著各種水電行各式各樣的零件和器具，散落一地的各種待修冷氣和一些我看不懂的家電，感覺得出小君的爸爸非常勤奮的養家。小君爸爸一見到我，好客氣，也和我閒話家常，但重點都不離小君。

小君爸強調，「黃老師啊，我女兒是個乖巧聰明的小女生，她身為家中的長姊，所以很有責任感，又彈得一手好琴，我以生為他的父親為榮，請老師好好鞭策他的彈琴技巧，我想她一定會成為一個好的音樂老師的。」

呵呵，好樂觀的一對父母，我實在是澆不下冷水，連忙道，「小君爸，我會盡量，但小君可能要很辛苦的練琴喔。」小君爸馬上又迅速地替小君掛保證，表示小君天生就天資聰穎，現在會彈〈給愛麗絲〉。厚，又提這首。好吧，也許是我判斷有誤，希望就如他父母說的那樣。

這時小君跳出來不爽的對父母說，「你們很吵耶，到底要不要我上課啊！」我著實被小君的態度嚇了一跳，為何用這種態度對待這麼維護你的父母，實在是無法理解這種相處模式。

第一次進到小君的房間，我簡直是嘆為觀止，也許是我多數學生的家境都算是不錯，先別提豪宅有專門打掃的阿姨打掃到一塵不染，一般普通的小家庭，即便父母都很忙也沒閒錢請阿姨打掃，但至少也會稍微整理一下。我環顧小君的房間，牆壁上竟然有蜘蛛網，地板上有一枚五元硬幣，顯然已經牢牢地黏在地板上好幾年了，踢到這枚硬幣的時候還堅若磐石動也不動，可能快變化石了。看著有點灰灰黏黏的床單，實在是佩服她能睡得下去。

當我望向小君手指著的鋼琴，我懷疑她真的有在練琴嗎？琴鍵只有中間那區塊是乾淨的，高音和低音鍵盤上面堆了一層薄薄的汙垢，我真的嚇傻了，竟然連我這不太重視整潔度的人都有點受不了。

沒時間驚嘆了，課還是要上的，我也沒資格對人家的環境說三道四。這時小君又故技重施，開始點歌，指著譜又要我彈，推說想讓我鑑定她家的琴，說得也是有道理，畢竟第一次到她家上課，彈著彈著，我的手已經沾滿了灰塵。

這一個小時，小君像隻牛一樣，不論我拽著拖著勸著，甚至請她父母坐在一旁盯著，小君總有不動手指的種種理由，一下子推說樂理比較重要，一下子又說想訓練耳朵，就是不聽我的話，我真的只是一台自動鋼琴的功能，我賺這錢實在賺得很不安心。經過兩三個月後的觀察，我大概了解小君的行為模式了，總是在還沒認真努力去達成一件事的時候，父母就已經把她捧上了天，讓她覺得很多事都不用太過努力。也由於小君是大姊，父母要弟弟妹妹凡事都要聽從小君的話，養成小君什麼事都不用負責，只肯享受老大的光環，在我看來，她的弟弟妹妹都比她懂事且勤勞。於是我鼓起勇氣開誠布公地對小君說了大實話。

「小君，難道你不知道很多事不是用說的就能成功的嗎？彈琴本來就是一件不容易的事情，你的學習態度有問題，難道沒人跟你說嗎？你也老大不小了，不能永遠只聽父母的好話，不好的都聽不進去，柿子挑軟的吃，這樣你會吃大虧，你要知道一個成功的人背後要付出多少努力嗎？我覺得再如此下你也只是浪費父母的錢，乾脆及早找尋你的另一個春天，難道你以為鋼琴老師只要穿得漂漂亮亮坐在那邊鈔票就自動上門嗎？今天如果你真的進了音樂教室，老闆真的安排學生給你了，你真的敢接嗎？學生中很多是臥虎藏龍的喔，你不怕被打槍不怕被識破手腳嗎？還有，明明上次那老色鬼一看就是詐騙，你怎麼會相信繳錢就能當老師這種拙劣的詐騙手法，你不能只依賴父母，不能只當鴕鳥，要判斷，不然會一直被騙，其實老師我也可以輕輕鬆鬆地坐在這裡一直彈琴輕鬆賺錢就好，但我真的不太看好你。」我忍不住語重心長說了一番重話。

小君好像有點醒了，眼睛算是睜得比較大一點了。她說，「老師，你是第一個跟我說這些話的人耶，你說的好像是真的，因為我找工作常常被打槍，我自認為很努力，可是每次做不到一個禮拜，老闆就說我不適合，所以我才想要當音樂老師，感覺只要哄哄小孩很輕鬆，老師，你真的不能幫助我嗎？」

傷腦筋，她還是不太懂我也在打槍她，最後一個辦法，我說你彈不好古典的啦，只有最後一招，你轉學keyboar可能還有一些希望。這時小君的眼睛又開始閃閃發光了，「老師，我發誓，我一定會認真的。」好吧，下次換上操作 keyboard，但其實我心裡還是對她的說詞很不放心，果然，學不到兩個月，她又叫苦連天。

有一天，小君爸和我聊著聊著，說，「小君這麼好的女孩，怎麼工作不順利感情也不順利，常常遇人不淑，真的很可憐，這些男人都看不見小君的好，眼睛大概都脫窗了！如果小君一輩子都找不到好的男人，我這做爸爸的寧願養她到老。」哇，好一個模範父親，我想著這父親的願望也許會實現喔，但我不敢說，只能祝福小君可以找到好的歸宿，不要成為啃老一族。

小君學不到什麼，便又消失在我的生活中，加加減減學的時間不超過六個月。我以為從此不會再有她的消息，但不知是不是沒遇過像我這麼直白挑她毛病的人，導致她工作有任何不順遂的時候，總會要聽聽我的意見，好像我是她的浮木一樣。令我頭痛的是打電話給我的時間點常常挑晚上十一點睡覺的時間，也令我有點小不爽，但我不好傷害她。

小君的敘述不外乎，「哎呀，我只是第一天遲到，老闆幹嘛這樣，也不想想我家到那邊很遠耶，小題大作」，「老師我應徵到一家音樂教室櫃台，我用濕抹布擦鋼琴，老闆幹嘛發好大脾氣」，「我只是找錯錢，老闆大發雷霆，哪有那麼嚴重。」對她這種公主病加上天兵的特質，我實在是無能為力。有時我也覺得她幸福得有點可憐，沒人跟她講真話，講真話的時候她還是堅信她沒有錯且極力辯解，小君雖口口聲聲說要我給意見，到後來其實還是繞回原點想要我肯定她。但我其實也不用特別為她擔心，也許她上輩子做了很多好事，至少她還有一個願意養她一輩子的爸爸。

又隔了將近半年吧，小君喜孜孜地打電話給我，說她找到一個收入相當好又輕鬆的工作，厚厚，這我可真有興趣聽了，而且她還說，才沒幾個月她就很快上手了，而且表現得不錯。喔喔，本來昏昏欲睡的我突然精神為之一振，連忙問這到底是啥好工作。電話那頭的小君卻神神秘秘的說，「老師，但你要保證不能跟我爸爸媽媽說喔，我怕他們會擔心。」怪裡怪氣的語調，更勾起我的好奇心，愛聽八卦的我連忙拍胸補掛保證一定會遵守承諾。

「老師，其實我現在在一家制服酒店工作，不但每天穿漂亮的衣服，而且吃喝都有人免費招待，只要打扮得漂漂亮亮和客人玩玩遊戲，就有錢可拿，公司真的對我很好，老師，你會瞧不起我的工作嗎？」

「……欸，不會啦，怎麼會瞧不起呢，酒店小姐也是一種職業啊，怎麼會瞧不起呢？（冒汗中）可是，小君啊，你要我保證不能和你父母說，那代表你知道事情的嚴重性，何不趁現在趕緊退出，另覓工作呢？免得讓父母操心。」

小君卻義正嚴詞推說是因為父母觀念太古板，人家周遭一堆女孩都是這樣沒什麼不好的，還讚許我觀念有跟上潮流。啊，害我差點也被她洗腦了。從那刻開始，我觀察她的角度變成好像在看一本奇人異士的書。也許人各有志，我便不再向她勸說，況且我也沒那資格。

我順著小君的話說，「也對啦，這畢竟不是什麼偷拐搶騙的事情，而且這世上總是需要從事這這職業的人啊。」當我順著她的毛摸時，小君好意地跟我說，「老師，以您的外貌和身材，也可以和我一樣輕鬆的賺錢喔，我可以介紹你去。」我心裡真是五味雜陳，我已經四十好幾了，竟然還有人用這種方式稱讚我，到底該高興還是生氣，只能尷尬的說，「我這麼老了，酒店不可能要我啦，哈哈。」小君還認真的回我說，「老師，你真的可以。」

「喔，是喔，多謝誇獎，但我不能熬夜，還是算了。」這番對話真是詭異。

我知道我不應該過問別人私事，但還是擋不住我對酒店的好奇心，問了一些直到現在我還是覺得很白目的問題。比如說那時我很好奇小君上班穿什麼，原來有分制服店和便服店，我真的以為制服店就是像一般公司行號的正規制服，例如空姐一樣有統一制服，我還放心的跟小君說，還好你是制服店的，那便服店一定是穿一些薄紗啊，半透明這種，只有隨隨便便的女人才會選擇的，結果答案是完全相反。這真是讓我太驚訝了，算是學到一課。

這號奇特人物可以讓我傻眼的事情很多，真是族繁不及備載，大約每隔一年就會 line 我，提供我最新茶餘飯後的談資。有一年又跳出她的 line，大意是說不當酒店小姐了，她要去選「第一屆城市小姐」，而且父母很看好她，不外乎又是，「我們小君又漂亮，又會彈〈給愛麗絲〉，」（貝多芬如果聽到一定會不高興，每次都拿他當擋箭牌）。搞半天原來是要來拉票，畫面跳出連結，請我按讚衝高人氣還順便拜託我廣為拉票。小君試探性的問我是否覺得她有當選的機會，還沒兩撇就在為當選後該說什麼感言傷腦筋。我心想，如果被你當選了那還有天理嗎？但是小孬孬的我，還是違背自己的心意虛情假意的連按了好幾個讚。結果，城市小姐第一輪，她就遭到淘汰。

現在偶爾還是有她的消息，依舊會聽到一些很荒謬的事情，但是我反而覺得她為我打開了我這輩子永遠碰不到的一種世界，過去覺得那只是報紙上社會版出現但卻離我很遙遠的人物。畢竟圍繞在我周遭的人多數都有一定的社經地位。又或許不是小君不好，只是她的思想大大迴異於我們一般人的社會價值觀。是小君讓我知道每個人的價值觀和決定要過什麼樣的生活原來是如此不同，也許這就是所謂的際遇。每個人都有要修的人生功課，誰有資格去批評任何一個人的生活方式呢。

21

不知是好還是壞的收穫

不知道是不是我母親走得太早（七歲），或是我父親衛生習慣也不是很良好，以至於我對於環境整潔的要求並不是特別的高。

雖然小時候就被父親訓練做很多家事，但家裡的裝潢設備實在是老舊到我再怎麼奮力打掃和洗刷，還是始終呈現破爛的樣貌，甚至，我小氣的父親為了省水還要求我們上完廁所不能馬上沖水，得要累積幾次才能沖掉。此外，我家沒有洗衣機，也沒有脫水機，徒手洗衣還可接受，但是沒脫水機，讓我在只有兩套國中制服的情況下，常常懶惰到不得不換洗時才硬著頭皮去做；常常制服還沒乾，我就必須穿著微濕的衣服去上學，即使這樣這我竟然也可以忍受。

制服都很難乾了，就不必說被單了，被單半年洗一次，就很了不起了，應該也算是我懶惰吧。反正在種種因素下，我想要整齊清潔也很難，而且我也覺得沒必要。我的概念就是垃圾滿了，滿到用力踩也壓不下去直到垃圾溢出來再也塞不下的時候，才摀著鼻子勉為其難地拿出去倒。我洗的碗只是得過且過，有把殘渣用力刷掉就算及格，因為用太多沙拉脫也會被罵浪費或是不環保，所以每次洗碗我只敢用一滴來清洗，意思到就好。

諸如此類那時我覺得很麻煩的家事，我都覺得做到「及格」就好。那時的我真的很討厭做家事，因為做得好不會有人稱讚，做得太好還會被罵浪費。當有潔癖的朋友一直在抱怨碗家人洗碗洗得不夠乾淨，衣服摺得不夠整齊，地板擦得不夠仔細時，我都覺得這人挑剔到有毛病了吧，哪像我只要認真的彈琴，旁邊的雜物我甚至可以視若無睹。也許我太專注於研究琴譜和聽音樂，以至於我並沒有發現周遭的環境有任何的不妥。有朋友還調侃我空有處女座的之名卻沾不上大家認知處女座潔癖的一點邊。現在的我卻漸漸地邁向潔癖之路，真不知好還是不好。

也許很多送小孩上鋼琴課的家庭都有一定的社經地位，幾乎所以學生的家都好整齊乾淨。我曾經還一度認為這只是一個假象，只要我後腳一離開，這房子馬上就會凌亂不堪。但事實證明我是錯的。和小朋友熟了之後，我會開玩笑的要突擊小朋友的衣櫃，小朋友滿口答應，打開衣櫥，整整齊齊的，如果沒有整整齊齊，也至少是乾乾淨淨的。有小朋友家整齊清潔到地上一根頭髮都沒有，還有事沒事拿清潔電腦鍵盤的刷子撥掉琴鍵上的灰塵。當我吃家長送上來的餅乾時，小朋友還會提醒我要小心不要讓屑屑掉到地板上。比較嚴重的一個小朋友是，連我把筆隨意放在鋼琴上時，她都強迫症到一定要把筆放到鉛筆盒裡，才能夠繼續安心上鋼琴課，遇到這種學生我只好整堂都抓住筆，以免這位同學的注意力一直放在筆上面。直到下課，我把筆放回她的鉛筆盒裡，她才放心。

當然還遇到更多有潔癖的父母，常常上課上到一半，吸塵器的聲音就會轟轟的響起，也不管會不會影響到上鋼琴課，媽媽執意就是要我移開座椅好讓他能深度的清潔，好像那是刻不容緩的事情，連一刻都不能等。有的還會規定小朋友回家後一定要換上家居服，以免外面的病菌帶到家裡。還記得在SARS那段期間，一進學生家中，迎接我的儀式就是父母一邊說不好意思現在疫情太嚴重了，然後一邊在我身上猛噴消毒水。

有時父母太有潔癖，學生私下也會跟我訴苦，聽起來也真的替學生感到不捨。有些父母為了不讓小孩買到品質不良的飾品或文具，會私底下把這些不良品直接拿去丟掉，還會無限上綱地管制小朋友桌面的擺設；如果擺得不夠整齊還會擅自移動。學生常為此和父母吵架，但是父母都說這是為他好，這真是沒轍。對這種太過有潔癖的父母，我偶爾會舉一個考上台大學生的生活習慣，讓這些父母聽聽，至少對小孩別控管的那麼嚴，也許因為這位小齊是考上台大的資優生，父母還真的多多少少會參考一下。

*

這位令我驕傲的小齊，從小到大就是一個非常尊師重道而且很重視自己課業的小孩，只要小齊打電話很不好意思地跟我請假，我就會知道學校快要考試了。自己對於功課非常要求，他曾說，他不是在意分數，而是想要解開不懂的問題。

小齊對學習非常有熱誠，大家頭痛不已的數學題目他卻越想解開，好像在玩一個很好玩的遊戲，而且樂此不疲，這個特點發揮在音樂上面亦是如此，每次要解皇家樂理的時候，他不但不煩，還能寫樂理寫到我很嚴厲的喊停他才願意停筆。他也熱愛音樂，常常聽到好聽的音樂就想和我分享，那時候很夯的歌是電影《冰雪奇緣》的主打歌 *Let It Go*，他講著講著還會被音樂感動到眼眶泛淚。有一次我拿網路上瘋傳的 kuso 版本讓他聽，小齊竟然很正經的對我說：「老師，我的好歌怎麼被惡搞成這樣，好傷心喔。」呵呵，我好像傷了一個純情小男孩的心。

小齊從小就立志要當科學家，還很誠懇地跟我說，「老師，其實我知道我並沒有彈琴的天分，但我一定會認真練琴，但如果我達不到你的要求，可以原諒我嗎？但我真的真的會認真練琴的。」小齊從國小一路跟隨我到建中，琴藝並沒有特別的突出，但擁有一顆認真上進的心，最重要的永遠保持尊師重道的態度（畢竟這年頭，尊師重道的學生已經是稀有動物了）。小齊還有一顆赤子之心，國小的時候愛看《真珠美人魚》，還問我會不會笑他，我才不會哩，我還覺得好可愛。還有愛看偶像劇，上課上到一半的時候還會向父母打聽劇情，然後又回神頻頻跟我道歉，理由是今天有完結篇，沒看到至少要聽到，哈。

小齊家裡空間小但是乾淨，只不過到了讀建中的時候，學校的考卷和課本再加上學校規定的課外讀物越來越多，多到甚至我一去他家，鋼琴椅子上還堆著好幾疊的書，甚至地板也是，我必須要墊著腳尖小心的不要踏到這群用書堆砌的小山。小齊帶著可愛又一副對不起我的表情說，「老師，請給我一分鐘，真的，只要一分鐘，我馬上處理這些書。」然後用最快的速度再把地上的一座座小山重新排列，騰出空間來擺放鋼琴椅上的幾疊書。

小齊說：「老師，不是我沒整理，其實我很認真地在歸類，也不是我不想放進櫥櫃哩，因為我解題時想要隨手就可拿到需要的資料，但我沒那麼大的桌面，所以只好擺在地上了，請多包涵。」原來真正做學問的人是這樣的，不是拘泥於書本擺放的整齊度，重點是在如何建立對自己最有效的工作效率。小齊從小立志要當科學家，後來考上了台大化學系，真的很替他高興，直到現在，我們還是保持聯絡，而且以他為榮。

也許因為看太多美麗又整潔的房子，或多或少受了影響，現在的我也比較注重整齊清潔甚至美感，但是代價是「很累」。以前可以一個禮拜拖一次地板，現在，我可以天天拖地，好像還有一點輕微的潔癖。好處是，我不討厭做家事了；壞處是，做家事的時間剝奪了我彈琴或看書的時間。希望我的改變只是愛乾淨而不是變成潔癖之人（潔癖的人自己累通常也搞到周遭的人很累）。

*

這些已經和我熟稔的小朋友進入青春期，總會伴隨著不少的煩惱，尤其國中甚至到高中的這個階階段。很多莫名其妙不能跟父母說的煩惱和秘密，反而會跟我訴苦，尋求我的意見，還不忘提醒我不能跟他父母說。聽到一些比較雞毛蒜皮的事，聽聽也就算了；若遇到一些比較嚴重的事情，還真的忍不住想透露給他們父母知道，真的是傷腦筋。舉些例子：小萱長得很「正」，身材是比較豐滿點，但不至於胖；長得漂亮，但還是不滿意自己微胖的身材，竟然半夜 line 我，「老師，A、B這兩則減肥廣告你覺得哪個比較好，我想買課程，但先不要跟我媽說喔，我怕她會反對。」

小雯，很不滿意自己的厚嘴唇。有一天她跟我說，「老師，學校教了一首舒伯特的《鱒魚》，同學說我是這首歌的代言人，因為我的嘴唇像鱒魚，既然如此，我想練這首歌。」小雯輕鬆的語氣其實應該是掩飾自己的尷尬，我想她心裡應該是受了傷。

還有一次小雯問我，「老師，你對喜憨兒有什麼看法？同學說我的厚嘴唇像喜憨兒，可是我覺得喜憨兒很可愛啊。」我說我也這麼認同啊，但是我知道小雯心裡應該又再次受傷了。小雯雖然一副淡然處之的模樣，但我知道她其實很在意，從她 facebook 上上傳的照片就可以知道，照片裡的她常常不是戴著口罩，就是用手刻意的摀住嘴唇。對於這種另類的校園霸凌，我感到很可惡，但我只是個鋼琴老師，我只能理解卻無法解決，想告訴她父母，又覺得實在不是我該干涉的範圍。

其中有一個例子，我差一點就凍未條跑去跟她父母告密，因為實在是有點嚴重；不過，我還是按捺住我的衝動。小可從國二就暗戀班上一名才子，聽小可說這位翩翩君子不但是位文青，還彈得一手好琴，從此，小可開始了學琴之路，不但琴藝進步有如神助，不到半年年就把〈月光〉第一樂章背起來並且彈得絲絲入扣，由此可應證，愛情的力量真的是很偉大。小可看的書，題材也大多繞著少男少女若有似無帶著淡淡青澀的校園愛情故事，通常都可以從書名窺出端倪，例如《擱淺了的愛情》、《那一年致我們的青春》諸如這些純純的愛情故事。也許看多了這類書，或者愛慕者對她若即若離的態度，委屈的小可竟也練就一番寫詩的功夫，正所謂少女情懷總是詩啊，小可的文筆真的不錯，從字裡行間看來雖然鋪滿了粉紅泡泡，但隱約卻透露著淡淡的哀愁。到了高中，雖然各自考上不同的學校，但小可依舊會探聽這位男生的消息，男生到哪個補習班，她就會跟進，說起這段吃盡苦頭的單戀，小可就會情不自禁的在我面前流淚。

我端詳著這位美麗可愛的小女生，留著一頭披肩的長髮，瓜子臉，翹翹的小鼻子，清瘦但姣好的身材，真的讓我好生羨慕。我常常讚美她的青春可愛，小可嘆息的回答我，「可惜讚美的不是那個他！」這對答有點像瓊瑤式的劇情，哈哈。

但是，慢慢的，這位才子漸漸淡出了我們的聊天話題，另一個男人漸漸踏入小可的生命裡，一個男人取代了男生。男人當然比男生更有資源取悅小可，從小可手上那杯昂貴的咖啡可以知道這男人對她是大方的。小可每每談到這位男人，總是神采奕奕，容光煥發，連fb裡的大頭貼主角都換成這這杯咖啡。我知道她又戀愛了。

小可曾說，她的生命中不能缺少愛情，嫁個她愛的男人，生幾個小孩，組成一個家，就是她最大的願望。真是可愛的願望。但是當她說出這位男人是她高中的某位兼任教師的時候，我發現事態嚴重，但卻無力阻止。還好，後來小可的父母適時介入，男老師那方也知道要及時收手，不然真的會釀成悲劇。

22

我的「老」學生們

我想教會我最多人生道理的就是我的「老」學生們。這些老學生來上鋼琴課大多都是懷著圓夢的情懷，一顆對於音樂的熱情一直存在內心。也許是經濟的因素，也許是家庭的牽絆，直到了兒女都已獨立自主的時候，想要一圓鋼琴夢。這些老學生有一個共同點，就是打電話說要上鋼琴課的時候，都很害羞，甚至還要一直解釋為何這把年紀了還要學琴，怕人家會笑話她。我記得有一次我要去上一位老奶奶的課，上課前她甚至千交待萬交待，叫我不要跟警衛說是她要學琴，就說是她孫子要學就好。

這情況跟我這年紀卻想要去報名跳芭雷舞怕被取笑的心情一樣。也許是礙於面子，很多都是子女幫忙聯繫才讓這些爺爺奶奶有個藉口上鋼琴課。這些想學鋼琴的爺爺奶奶通常有一個共通點，就是音感很好也熱愛唱歌，常常還沒開始上課，她們就會先哼一首熱愛的歌試圖讓我理解他們的目標。我發現如果這些老學生在年輕時學過任何一樣樂器，不管是直笛或吉他或陶笛，通常比較好帶入門，甚至是只要小時候曾經短暫或甚至只是學過半年鋼琴的學生，到了六十五歲，手指還是呈現柔軟的狀態，也許操作過樂器的手通常比較靈活吧。反觀一個從來沒操作過任何一樣樂器的老學生，也或許還不到五十歲，手指卻已經僵硬到無法運用無名指和小指了。所以即使小朋友學了半年就想放棄彈琴，父母常常會覺得錢像是丟進水裡一去不回很懊惱的時候，我通常會安慰父母，以後你的小朋友至少手指會比沒學過的靈巧。

有一位老學生莊媽媽，是影響我最多，感動我最多的一位長者。她受的教育並不高，嫁入夫家生了一堆小孩後就只能一輩子被家庭綑綁；在她辛辛苦苦拉拔小孩長大的時候，還遭到丈夫的背叛，幸好丈夫最後有回頭，並跟她懺悔。聽她悠然的回憶起這些往事，不帶任何的恨意，甚至還感恩丈夫並沒有拋家棄子，稱讚丈夫有扛起應盡的責任，也算是個好丈夫好爸爸；她的大度，讓我非常敬佩，她實在是傳統婦女美德的代表。

莊媽媽喜歡種一些盆栽，她說，這些植物的樣貌型態各有不同，這些樹甚至可以活到比人類還久，透過這些植栽，我欣賞到它們的堅毅，不管環境怎麼惡劣，它們還是想要生存下去，我們應該要和這些植物學習。而這些美麗的花朵，這麼努力要在最短的時間綻放出最美的姿態，欣賞她就不會辜負她，生命中可以欣賞到這麼美麗的一刻，這是我們的幸福。莊媽媽淡淡的說著。她的話，徹底的改變了我對樹木花草的認知，以前的我覺得樹就是會長大，花就是會開那是理所當然的事情，原來內含那麼深的寓意，是莊媽媽讓我開始學會欣賞大自然的神奇與奧妙。現在路邊的一朵小花，都會讓我駐足良久，我看到的是一朵努力綻放自己、貢獻一己之力美化世界的鬥士。

另外從這工作中得到一個優點，但也是一個很大的缺點，那就是時間的觀念。在當鋼琴老師之前，很多時候我都是渾渾噩噩的在過日子，我並不需要和時間賽跑，也不需要對時間斤斤計較，感覺一整天都可以任我支配，什麼事情都可以延後，然後到最後一刻再臨時抱佛腳去完成。那時的我並不覺得時間特別珍貴，我可以睡上大半天，再把所有的雜事堆到半夜完成。連和朋友有約，也能拖拖拉拉幾分鐘，反正延遲個半小時也不是什麼大不了的事，況且很多朋友也是和我一個樣，互相等候是常態，準時赴約感覺還讓人倍感壓力，反正多的是時間。

但是到了音樂教室任教後情況完全不同，站在老闆的立場，遲到不僅僅是金錢的損失，也牽扯到教室名聲的問題，況且以我這種非典型的鋼琴老師，還常遲到的話，可能飯碗不保；「準時」遂變成我人生很重要的功課。我不怕上課的種種挑戰，但是我最怕上課遲到。以我來說，讓家長等候是不尊重人的，家長的時間並不比我們的時間不值錢，讓學生等候也有可能耽誤後面學生的行程，既然我的時間和他們同等重要，就必須要守時。但我卻常常看到一堆愛遲到的老師，我不知道他們的心裡是怎麼想的，但我總覺得這種教學態度有點問題，即使教得再好，學生如何愛上他的課，如果我是家長，我一定會在他的頭上先打上一個×。再加上教室可能也為了防範老師遲到的問題，訂了一些比較嚴厲的處罰方式，例如遲到一分鐘要補給學生五分鐘，或是列入觀察名單，紀錄太差就黑掉，慢慢的才讓有些愛遲到的老師守時點。

＊

也不知道是不是我對上課時間太敏感了，我的職業災害就是常常盯著時鐘，算車程，算從某個點走到音樂教室要花多少時間，然後要心裡盤算預留多少時間才不至於遲到。不知是不是算得太精準了，將近二十幾年來，我遲到的次數應該十個指頭數得出來，更誇張的是連遲到三分鐘，小朋友竟然會像抓到把柄似的對我的說：「厚，老師你今天竟然遲到三分鐘！」我很想大聲吶喊，你才常常遲到十分鐘讓我等哩。

這種職業傷害讓我常常對時間管控得太嚴格，以至於出現了不少的缺點，只要是朋友有約，超過二十分鐘沒出現，甚至沒用手機通知我會晚到，還一副悠悠哉哉地出現在我面前，這時我就自然的在心裡默默地在他的頭上打一個×。如果打太多×我就會直覺這人人品有問題。有時我覺得我自己太嚴苛了，但我又會說服自己不是我太苛求，難道遲到用個電話或line通知一聲有這麼困難嗎？又不是生於古代，撥個電話跟我說會遲到會死嗎？難道我就是等待別人的命嗎？難道你時間就比我寶貴嗎？難道遲到也不用道歉嗎？諸如此類抱怨他人遲到的一些職業災害，常會把我的朋友搞得緊張兮兮的。有時朋友會抱怨跟我約時間壓力太大，我只能說，對不起我後面有課，如果遲到會被老闆扣錢這些理由搪塞。我不知道太守時是好還是不好，但是我知道我如果退休後，最想做的一件事就是把手錶丟掉。

我覺得我人生最幸福的事情就是，「從事我熱愛的工作，並以此養活我自己」，靠自己的能力不依賴別人聽起來是如此的理所當然，但是因為從小就被我爸灌輸長大後一定毫無用處的這種偏差教育理論洗腦下，這對我是何其的重要。也許我的童年不是那麼愉悅，上帝雖然關上一道門，卻替我打開另一扇窗。

也許同樣的努力、同樣的資歷、同樣的奮鬥，放在今天的二〇二二年，我就不會以此為職業。我很幸運的在年輕時遇到對的貴人對的時間，成就今天的我。看看現在的音樂就業市場，競爭環境真的很嚴峻，不只遇到少子化，還遇到大環境景氣不好，再加上大陸人才濟濟，幾乎吃掉了音樂的就業市場。加上音樂不斷轉型，要吃這行飯真的是越來越難了。

我的工作讓我看到完全不同於我童年的家庭的經驗，讓我更深刻體會何謂家和萬事興，我有幸可以走進不同的家庭，看到不同的家庭運作模式和各種不同的教養觀念，甚至還能聽到閱歷無數的智者告訴我對生命的態度，這是金錢所無法取代的。感謝那些上課調皮的小朋友磨出我的耐心，感謝那些認真上課的學生帶給我的成就感；他們豐富了我的職業生涯，是我從學生身上獲得無價的寶藏，當然還有很多工作上遇到的趣事鳥事實實在無法一一細說，我現在的心情就是兩個字——感恩。

後記

就在剛準備要出版這本書時，突然傳來我父親心肌梗塞過世的消息。對我來說簡直是晴天霹靂。

雖然他對我們這些女兒們的飲食並未特別注意，但他個人卻是非常重視養生的——除了不菸不酒，吃的蔬菜水果幾乎都是來自自己田園裡種植的蔬菜，也就是所謂的有機蔬菜，就連他過世時的最後儀容，都是那麼的紅潤飽滿。

爸過世前的一個禮拜，還曾和我通過電話，聲音依然很宏亮。但收到爸過世的通知後，我用最快的速度從台北南下屏東。衝到靈堂時，面對的竟是一具躺在冰櫃裡的大體。我不知道那種感覺怎麼形容，我只是很想對他大叫：你給我起來啊，你不是最愛罵人了嗎？現在躺在這裡算什麼？起來，你這個自私的人，連死都可以選擇最容易的死法，你快點給我起來……

淚水衝出我的眼眶，模糊了我的視線。我對他的死，充滿了震驚，和無法接受。必須面對這突如其來的事件，我內心的感受實在很複雜。雖然對他有種種怨懟和不滿，好像也在這個時刻和我的內心達成和解了。他因為相信算命仙的「六親皆無靠」這句話，一輩子對朋友好，對至親卻苛刻嚴厲，我媽和我們姊妹皆深受其苦。但在人死去的這一刻，好像全都放下了。

我寫的這本書有一小部分是在控訴我父親如何阻礙我走音樂這條路，爸爸死亡的衝擊讓我沉澱了很長一段時間，才能再度提筆，寫這篇後記。

寫這本書的動力，起源於疫情爆發。疫情下各行各業都起了不小的變化，音樂課也難逃這時代下的摧殘，有了很大的轉變，倚賴此維生的老師不能停課，迫於無奈，只能選擇線上教學，還好像我這種老鳥，剛好可以趁機休息。在我從事音樂教育的這些年，遇過最大的災難第一應該是一九九九年的九二一大地震，第二是被 SARS 壟罩的陰霾。

九二一大地震台北算最沒災情的，但是麻煩的是一直無預警的停電。記得有一次，進入我們音樂教室樓下的賣場時，電力並沒任何異狀，但一進音樂教室，突然所有人皆壟罩在黑暗之中，大家驚惶失措，迷失了方向，只能靠引導燈把一批批的學生、家長送到安全地點。而此刻正在上課的我們，坐在黑黑小小的暗房中，祈禱原本應該發出光源的電燈能把我們從黑暗中解救。我們揮汗說著一些無意義的話，只盼電力快點恢復，還好，只停了十分鐘，不然又悶又熱，伸手不見五指，實在是不知如何繼續這尷尬的課程。

有了這次教訓，負責人林小姐特別搬來了媒油和發電機，剎那間典雅的教室突兀的充滿著一股奇異的燃油味道和吵雜的機器聲。進到教室，林小姐已經備了好幾把粗大的手電筒，以備不時之需。但在這艱困的時期，教室還是得想辦法繼續前進，畢竟不會因為沒電，房租就不用繳納。這詭異的狀況，持續了一陣子，每間琴房都呈現出用手電筒照射的鵝黃色奇特光暈，忽明忽暗的手電筒光線也讓我們的臉呈現出一陣黃又一陣黑的奇特現象。詭異的琴房，加上不定時的餘震，配上幾位大小朋友的尖叫聲，那種世界末日的氛圍，至今回想起還讓我感覺有如身處奇幻空間。

時空轉變，音樂教室籠罩在Covid-19的威脅下，幾乎都亂了套，而我這幸運的老鳥，卻可以把這一情當作是趁機修了一個大長假，不是我為了曠課而對家長鞠躬哈腰，反而是家長主動提議停課。這件事並未造成我經濟的衝擊，但很多新進的老師，應該是飽受經濟的壓力，不得不採用線上教學，否則可能會頓失經濟來源。我深深為這一代感嘆，時機對他們真的太不利了。想想以前，再反觀現在，音樂教室除非走出一套模式，否則沒有特色，加上少子化，路真的越來越窄；甚至很多留洋優秀的高材生，也不得不放棄在本國就業，跑到對岸去工作，畢竟，對岸家長對音樂的看法還停留在我們台灣過往的思想，認為只是一項貴族的必修功課，所以願意花大筆錢砸在學費上。但台灣已將音樂昇華為普通的一種素養，而不是高高在上，音樂就是那麼容易的走入每個人生的一部份，音樂普及化，我覺得台灣做得很成功，而且也不是進入好人家的標配，這點真的很值得讚嘆。音樂深入民間實在是大眾之福，而不是把資源掌控在某些特定人士身上。

在這快速變遷的世界裡，讓我深深體會人類的渺小，病毒無時無刻無孔不入的影響人類的作息，兩年間不長也不短的時間，我的工作也受到了衝擊，學生請假避開疫情，上課前要快篩，甚至被要求視訊上課，這些史無前例的演變讓我措手不及。視訊上課聽起來似乎對我方便，但透過冰冷的螢幕，我無法抓住小朋友的手給予正確的指導，只能像一個機器人般對著畫面指揮，沒有溫度，沒有交流沒有音樂的臨場感，無法給他們最直接的感受，也無法讓他們感受音樂的光與熱，隔著螢幕也只能糾正一些錯誤，卻不能分析音樂細膩動人的氛圍。

總之，世界瘟疫蔓延，和我爸毫無前兆的辭世，都讓我對生命有了另一種體悟，面對世界越來越多的天災人禍，我更懂得謙卑，時時刻刻提醒自己，把握當下，也活在當下。

跪求來的鋼琴課

作者　如果

主編　何珮琪

封面設計　陳文德

內頁編排　林粼

業務　何思頓

出版　當代出版

Email: orangepress2@gmail.com

地址 : 新北市永和區永亨路 111 號 2 樓

發行　橙舍文化有限公司

總經銷　聯合發行股份有限公司

地址： 231 新北市新店區寶橋路 235 巷 6 弄 6 號 2 樓

電話： 02-29178022

印刷　中原造像股份有限公司

ISBN　978-626-9717903

初版一刷　2023 年 4 月

訂價　NTD 320 元

國家圖書館出版品預行編目 (CIP)

跪求來的鋼琴課 / 如果作 . -- 初版 . -- 新北市 : 當代出版 : 橙舍文化有限公司發行, 2023.04

面；　公分

ISBN 978-626-97179-0-3(平裝)

863.55　　112004670

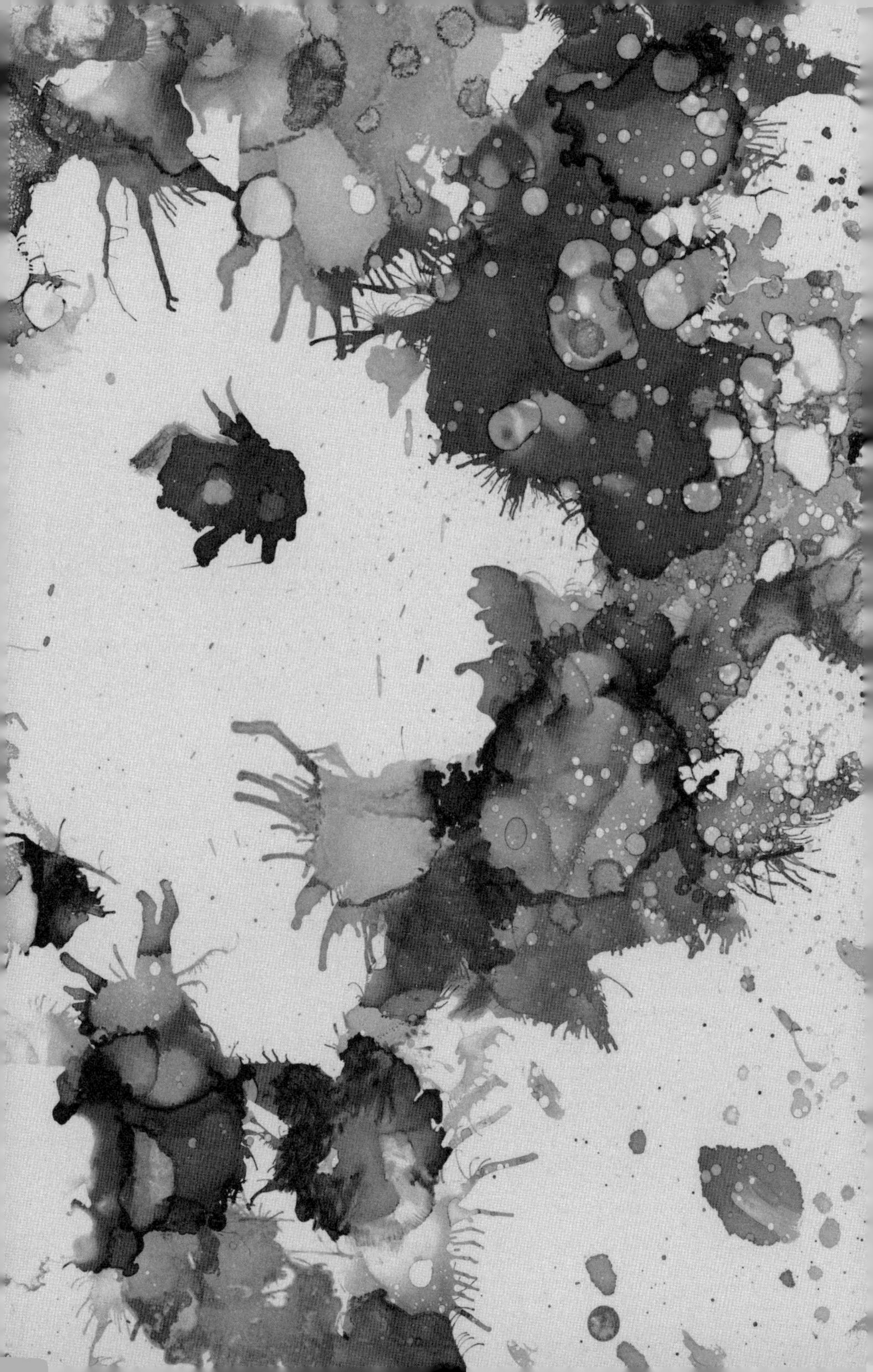